山田社

U0080338

STS

山田社

山田社
日檢書

ここまでやる、だから合格できる　　竭盡所能，所以絕對合格

附贈 MP3

絕對合格 全攻略！

新制日檢

必背
かならず
あんしょう

かならずでる
必出

單字

N5

吉松由美・田中陽子◉合著

前言
preface

新制日檢 N5 必出 709 字，配合 709「金短句」+「金長句」+ 重音標示
50 音順＋主題分類，劃出學習捷徑，快速掌握出題重點。

「金短句」透析與其他詞常見的搭配形式，
以獲舉一反三增加詞彙量、增強表達力。

研究顯示多舉出例句將提升記憶，
本書加上含同級文法的「金長句」大大有利於提升日檢分數。

重音標示，讓您有聽就有懂，不讓聽力分數形成落差，
縮短日檢合格距離！

50 音順單字＋主題分類單字，
加強記憶聯想，好查又好背！

《絕對合格 全攻略！新制日檢 N5 必背必出單字》百分百全面日檢學習對策，讓您致勝考場：

★ 所有單字標示「重音」，讓您會聽、會用，考場拿出真本事！

★ 每個單字都補充同級「類語詞」加強易混淆單字、同義詞的區別學習，學習效果 3 倍升級！

★ 新增最接近必出考題的金短句「必考詞組」，以提升理解度，單字用法一點就通！

★ 編寫最接近必出考題的金例句「必考例句」，同步吸收同級文法與會話，三效合一，效果絕佳！

★ 50 音順單字＋主題單字，讓您好查又好背！別讓記憶力，成為考試的壓力！

★ 三回新制模擬考題，全面攻略！100% 擬真體驗，100% 命中考題！

本書提供 100% 全面的單字學習對策，讓您輕鬆取證，致勝考場！特色有：

● 50 音順 + 主題分類＝合格捷徑！

全書單字先採 50 音順排列，黃金搭配省時省力，讓你方便查詢，每個字並補充類義詞，搭配部分對義詞，加強易混淆單字、同義詞的區別學習。後依主題分類，相關單字一網打盡，讓你加深印象、方便記憶，必考單字量三級跳！

● 標示重音，輕鬆攻破聽力，縮短合格距離！

突破日檢考試第一鐵則，會聽、會用才是真本事！「きれいな はな」是「花很漂亮」還是「鼻子很漂亮」？小心別上當，搞懂重音，會聽才會用！本書每個單字後面都標上重音，讓您一開始就打好正確的發音基礎，讓您有聽就有懂，不讓聽力分數形成落差，大幅提升日檢聽力實力，縮短日檢合格距離！

● 七百多個單字，舉一反十，變出無數用法！

絕對合格必背必出單字給您五星級內容，讓您怎麼考，怎麼過！權威，就是這麼威！

▲ 所有單詞（包括接頭詞、接尾詞、感歎詞等）精心挑選，標注重音、詞性，解釋貼切詳細。

▲ 每個字增加同級類義詞，配合部分對義詞，戰勝日檢的「換句話說」題型，3倍擴充單字量。

▲ 最接近必出考題的短句，針對「文脈規定」的題型，濃縮學習密度，讓您知道如何靈活運用單字。

▲ 最接近必出考題的例句，同級文法與會話同步學習，針對日檢趨向生活化，效果絕佳！

● 貼心排版，一目瞭然，好用好學！

單字全在一個對頁內就能完全掌握，左邊是單字資訊，右邊是慣用詞組及例句，不必翻來翻去眼花撩亂，閱讀動線清晰好對照。

● 權威經驗，值得信賴！

本書以日本國際交流基金（JAPAN FOUNDATION）舊制考試基準，及最新發表的「新日本語能力試驗相關概要」為基準。並參考舊制及新制日檢考試內容並結合日語使用現況，同時分析國內外各類單字書及試題等，並由具有豐富教學經驗的日語教育專家精心挑選出 N5 單字編著成書。

● 日籍教師朗讀 MP3 光碟，光聽就會！

由日籍教師標準發音朗讀，馬上聽、馬上通、馬上過！本書附贈 MP3 光碟，由日本專業老師親自錄音，隨聽隨記，即使沒時間也能讓你耳濡目染。可說是聽力訓練，最佳武器！

● 模擬試題，怎麼考怎麼過！

本書附有三回模擬試題，題數、題型、難易度、出題方向皆逼近實際考題，可用來自我檢測、考前複習，提高實力及臨場反應。讓你一回首勝、二回連勝、三回模考包你日檢全勝！

● 編號設計，掌握進度！

每個單字都有編號及打勾方格，可以自行安排學習或複習進度！

目錄

contents

新「日本語能力測驗」概要

一、什麼是新日本語能力試驗呢

1. 新制「日語能力測驗」

從2010年起實施的新制「日語能力測驗」（以下簡稱為新制測驗）。

1－1　實施對象與目的

　　新制測驗與舊制測驗相同，原則上，實施對象為非以日語作為母語者。其目的在於，為廣泛階層的學習與使用日語者舉行測驗，以及認證其日語能力。

1－2　改制的重點

改制的重點有以下四項：

1　測驗解決各種問題所需的語言溝通能力

　　新制測驗重視的是結合日語的相關知識，以及實際活用的日語能力。因此，擬針對以下兩項舉行測驗：一是文字、語彙、文法這三項語言知識；二是活用這些語言知識解決各種溝通問題的能力。

2　由四個級數增為五個級數

　　新制測驗由舊制測驗的四個級數（1級、2級、3級、4級），增加為五個級數（N1、N2、N3、N4、N5）。新制測驗與舊制測驗的級數對照，如下所示。最大的不同是在舊制測驗的2級與3級之間，新增了N3級數。

N1	難易度比舊制測驗的1級稍難。合格基準與舊制測驗幾乎相同。
N2	難易度與舊制測驗的2級幾乎相同。
N3	難易度介於舊制測驗的2級與3級之間。（新增）
N4	難易度與舊制測驗的3級幾乎相同。
N5	難易度與舊制測驗的4級幾乎相同。

＊「N」代表「Nihongo（日語）」以及「New（新的）」。

3　施行「得分等化」

　　由於在不同時期實施的測驗，其試題均不相同，無論如何慎重出題，每次測驗的難易度總會有或多或少的差異。因此在新制測驗中，導入「等化」的計分方式後，便能將不同時期的測驗分數，於共同量尺上相互比較。因此，無論是在什麼時候接受測驗，只要是相同級

數的測驗，其得分均可予以比較。目前全球幾種主要的語言測驗，均廣泛採用這種「得分等化」的計分方式。

4　提供「日本語能力試驗Can-do自我評量表」（簡稱JLPT Can-do）

為了瞭解通過各級數測驗者的實際日語能力，新制測驗經過調查後，提供「日本語能力試驗Can-do自我評量表」。該表列載通過測驗認證者的實際日語能力範例。希望通過測驗認證者本人以及其他人，皆可藉由該表格，更加具體明瞭測驗成績代表的意義。

1－3　所謂「解決各種問題所需的語言溝通能力」

我們在生活中會面對各式各樣的「問題」。例如，「看著地圖前往目的地」或是「讀著說明書使用電器用品」等等。種種問題有時需要語言的協助，有時候不需要。

為了順利完成需要語言協助的問題，我們必須具備「語言知識」，例如文字、發音、語彙的相關知識、組合語詞成為文章段落的文法知識、判斷串連文句的順序以便清楚說明的知識等等。此外，亦必須能配合當前的問題，擁有實際運用自己所具備的語言知識的能力。

舉個例子，我們來想一想關於「聽了氣象預報以後，得知東京明天的天氣」這個課題。想要「知道東京明天的天氣」，必須具備以下的知識：「晴れ（晴天）、くもり（陰天）、雨（雨天）」等代表天氣的語彙；「東京は明日は晴れでしょう（東京明日應是晴天）」的文句結構；還有，也要知道氣象預報的播報順序等。除此以外，尚須能從播報的各地氣象中，分辨出哪一則是東京的天氣。

如上所述的「運用包含文字、語彙、文法的語言知識做語言溝通，進而具備解決各種問題所需的語言溝通能力」，在新制測驗中稱為「解決各種問題所需的語言溝通能力」。

新制測驗將「解決各種問題所需的語言溝通能力」分成以下「語言知識」、「讀解」、「聽解」等三個項目做測驗。

語言知識	各種問題所需之日語的文字、語彙、文法的相關知識。
讀　　解	運用語言知識以理解文字內容，具備解決各種問題所需的能力。
聽　　解	運用語言知識以理解口語內容，具備解決各種問題所需的能力。

作答方式與舊制測驗相同，將多重選項的答案劃記於答案卡上。此外，並沒有直接測驗口語或書寫能力的科目。

2. 認證基準

　　新制測驗共分為N1、N2、N3、N4、N5五個級數。最容易的級數為N5，最困難的級數為N1。

　　與舊制測驗最大的不同，在於由四個級數增加為五個級數。以往有許多通過3級認證者常抱怨「遲遲無法取得2級認證」。為因應這種情況，於舊制測驗的2級與3級之間，新增了N3級數。

　　新制測驗級數的認證基準，如表1的「讀」與「聽」的語言動作所示。該表雖未明載，但應試者也必須具備為表現各語言動作所需的語言知識。

　　N4與N5主要是測驗應試者在教室習得的基礎日語的理解程度；N1與N2是測驗應試者於現實生活的廣泛情境下，對日語理解程度；至於新增的N3，則是介於N1與N2，以及N4與N5之間的「過渡」級數。關於各級數的「讀」與「聽」的具體題材（內容），請參照表1。

■ 表1　新「日語能力測驗」認證基準

	級數	認證基準 各級數的認證基準，如以下【讀】與【聽】的語言動作所示。各級數亦必須具備為表現各語言動作所需的語言知識。
困難 ↑ *	N1	能理解在廣泛情境下所使用的日語 【讀】・可閱讀話題廣泛的報紙社論與評論等論述性較複雜及較抽象的文章，且能理解其文章結構與內容。 　　　・可閱讀各種話題內容較具深度的讀物，且能理解其脈絡及詳細的表達意涵。 【聽】・在廣泛情境下，可聽懂常速且連貫的對話、新聞報導及講課，且能充分理解話題走向、內容、人物關係、以及說話內容的論述結構等，並確實掌握其大意。
	N2	除日常生活所使用的日語之外，也能大致理解較廣泛情境下的日語 【讀】・可看懂報紙與雜誌所刊載的各類報導、解說、簡易評論等主旨明確的文章。 　　　・可閱讀一般話題的讀物，並能理解其脈絡及表達意涵。 【聽】・除日常生活情境外，在大部分的情境下，可聽懂接近常速且連貫的對話與新聞報導，亦能理解其話題走向、內容、以及人物關係，並可掌握其大意。
	N3	能大致理解日常生活所使用的日語 【讀】・可看懂與日常生活相關的具體內容的文章。 　　　・可由報紙標題等，掌握概要的資訊。 　　　・於日常生活情境下接觸難度稍高的文章，經換個方式敘述，即可理解其大意。 【聽】・在日常生活情境下，面對稍微接近常速且連貫的對話，經彙整談話的具體內容與人物關係等資訊後，即可大致理解。

＊ 容 易 ↓	N4	能理解基礎日語
		【讀】・可看懂以基本語彙及漢字描述的貼近日常生活相關話題的文章。
		【聽】・可大致聽懂速度較慢的日常會話。
	N5	能大致理解基礎日語
		【讀】・可看懂以平假名、片假名或一般日常生活使用的基本漢字所書寫的固定詞句、短文、以及文章。
		【聽】・在課堂上或周遭等日常生活中常接觸的情境下，如為速度較慢的簡短對話，可從中聽取必要資訊。

＊N1最難，N5最簡單。

3. 測驗科目

新制測驗的測驗科目與測驗時間如表2所示。

■ 表2 測驗科目與測驗時間＊①

級數	測驗科目 （測驗時間）			
N1	語言知識（文字、語彙、文法）、讀解 （110分）		聽解 （60分）	→ 測驗科目為「語言知識（文字、語彙、文法）、讀解」；以及「聽解」共2科目。
N2	語言知識（文字、語彙、文法）、讀解 （105分）		聽解 （50分）	→
N3	語言知識 （文字、語彙） （30分）	語言知識 （文法）、讀解 （70分）	聽解 （40分）	→ 測驗科目為「語言知識（文字、語彙）」；「語言知識（文法）、讀解」；以及「聽解」共3科目。
N4	語言知識 （文字、語彙） （30分）	語言知識 （文法）、讀解 （60分）	聽解 （35分）	→
N5	語言知識 （文字、語彙） （25分）	語言知識 （文法）、讀解 （50分）	聽解 （30分）	→

　　N1與N2的測驗科目為「語言知識（文字、語彙、文法）、讀解」以及「聽解」共2科目；N3、N4、N5的測驗科目為「語言知識（文字、語彙）」、「語言知識（文法）、讀解」、「聽解」共3科目。

　　由於N3、N4、N5的試題中，包含較少的漢字、語彙、以及文法項目，因此當與N1、N2測驗相同的「語言知識（文字、語彙、文法）、讀解」科目時，有時會使某幾道試題成為其他題目的提示。為避免這個情況，因此將「語言知識（文字、語彙、文法）、讀解」，分成「語言知識（文字、語彙）」和「語言知識（文法）、讀解」施測。

＊①：聽解因測驗試題的錄音長度不同，致使測驗時間會有些許差異。

4. 測驗成績

4－1　量尺得分

舊制測驗的得分，答對的題數以「原始得分」呈現；相對的，新制測驗的得分以「量尺得分」呈現。

「量尺得分」是經過「等化」轉換後所得的分數。以下，本手冊將新制測驗的「量尺得分」，簡稱為「得分」。

4－2　測驗成績的呈現

新制測驗的測驗成績，如表3的計分科目所示。N1、N2、N3的計分科目分為「語言知識（文字、語彙、文法）」、「讀解」、以及「聽解」3項；N4、N5的計分科目分為「語言知識（文字、語彙、文法）、讀解」以及「聽解」2項。

會將N4、N5的「語言知識（文字、語彙、文法）」和「讀解」合併成一項，是因為在學習日語的基礎階段，「語言知識」與「讀解」方面的重疊性高，所以將「語言知識」與「讀解」合併計分，比較符合學習者於該階段的日語能力特徵。

■ 表3　各級數的計分科目及得分範圍

級數	計分科目	得分範圍
N1	語言知識（文字、語彙、文法）	0～60
	讀解	0～60
	聽解	0～60
	總分	0～180
N2	語言知識（文字、語彙、文法）	0～60
	讀解	0～60
	聽解	0～60
	總分	0～180
N3	語言知識（文字、語彙、文法）	0～60
	讀解	0～60
	聽解	0～60
	總分	0～180
N4	語言知識（文字、語彙、文法）、讀解	0～120
	聽解	0～60
	總分	0～180
N5	語言知識（文字、語彙、文法）、讀解	0～120
	聽解	0～60
	總分	0～180

各級數的得分範圍，如表3所示。N1、N2、N3的「語言知識（文字、語彙、文法）」、「讀解」、「聽解」的得分範圍各為0～60分，三項合計的總分範圍是0～180分。「語言知識（文字、語彙、文法）」、「讀解」、「聽解」各占總分的比例是1：1：1。

N4、N5的「語言知識（文字、語彙、文法）、讀解」的得分範圍為0～120分，「聽解」的得分範圍為0～60分，二項合計的總分範圍是0～180分。「語言知識（文字、語彙、文法）、讀解」與「聽解」各占總分的比例是2：1。還有，「語言知識（文字、語彙、文法）、讀解」的得分，不能拆解成「語言知識（文字、語彙、文法）」與「讀解」二項。

除此之外，在所有的級數中，「聽解」均占總分的三分之一，較舊制測驗的四分之一為高。

4-3 合格基準

舊制測驗是以總分作為合格基準；相對的，新制測驗是以總分與分項成績的門檻二者作為合格基準。所謂的門檻，是指各分項成績至少必須高於該分數。假如有一科分項成績未達門檻，無論總分有多高，都不合格。

新制測驗設定各分項成績門檻的目的，在於綜合評定學習者的日語能力，須符合以下二項條件才能判定為合格：①總分達合格分數（＝通過標準）以上；②各分項成績達各分項合格分數（＝通過門檻）以上。如有一科分項成績未達門檻，無論總分多高，也會判定為不合格。

N1～N3及N4、N5之分項成績有所不同，各級總分通過標準及各分項成績通過門檻如下所示：

級數	總分		分項成績					
			言語知識 （文字·語彙·文法）		讀解		聽解	
	得分 範圍	通過 標準	得分 範圍	通過 門檻	得分 範圍	通過 門檻	得分 範圍	通過 門檻
N1	0～180分	100分	0～60分	19分	0～60分	19分	0～60分	19分
N2	0～180分	90分	0～60分	19分	0～60分	19分	0～60分	19分
N3	0～180分	95分	0～60分	19分	0～60分	19分	0～60分	19分

級數	總分		分項成績			
			言語知識 （文字·語彙·文法）·讀解		聽解	
	得分 範圍	通過 標準	得分 範圍	通過 門檻	得分 範圍	通過 門檻
N4	0～180分	90分	0～120分	38分	0～60分	19分
N5	0～180分	80分	0～120分	38分	0～60分	19分

※上列通過標準自2010年第1回(7月)【N4、N5為2010年第2回(12月)】起適用。

缺考其中任一測驗科目者，即判定為不合格。寄發「合否結果通知書」時，含已應考之測驗科目在內，成績均不計分亦不告知。

4－4　測驗結果通知

　　依級數判定是否合格後，寄發「合否結果通知書」予應試者；合格者同時寄發「日本語能力認定書」。

■ N1, N2, N3

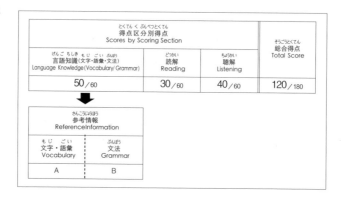

■ N4, N5

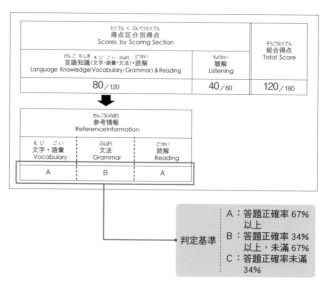

A：答題正確率 67%
　以上
B：答題正確率 34%
　以上，未滿 67%
C：答題正確率未滿
　34%

判定基準

※ 各節測驗如有一節缺考就不予計分，即判定為不合格。雖會寄發「合否結果通知書」但所有分項成績，含已出席科目在內，均不予計分。各欄成績以「＊」表示，如「＊＊／60」。
※ 所有科目皆缺席者，不寄發「合否結果通知書」。

N5　題型分析

測驗科目 (測驗時間)			試題內容		
			題型	小題 題數 *	分析
語言知識 (25分)	文字、語彙	1	漢字讀音 ◇	12	測驗漢字語彙的讀音。
		2	假名漢字寫法 ◇	8	測驗平假名語彙的漢字及片假名的寫法。
		3	選擇文脈語彙 ◇	10	測驗根據文脈選擇適切語彙。
		4	替換類義詞 ○	5	測驗根據試題的語彙或說法,選擇類義詞或類義說法。
語言知識、讀解 (50分)	文法	1	文句的文法1 (文法形式判斷) ○	16	測驗辨別哪種文法形式符合文句內容。
		2	文句的文法2 (文句組構) ◆	5	測驗是否能夠組織文法正確且文義通順的句子。
		3	文章段落的文法 ◆	5	測驗辨別該文句有無符合文脈。
	讀解*	4	理解內容 (短文) ○	3	於讀完包含學習、生活、工作相關話題或情境等,約80字左右的撰寫平易的文章段落之後,測驗是否能夠理解其內容。
		5	理解內容 (中文) ○	2	於讀完包含以日常話題或情境為題材等,約250字左右的撰寫平易的文章段落之後,測驗是否能夠理解其內容。
		6	釐整資訊 ◆	1	測驗是否能夠從介紹或通知等,約250字左右的撰寫資訊題材中,找出所需的訊息。
聽解 (30分)		1	理解問題 ◇	7	於聽取完整的會話段落之後,測驗是否能夠理解其內容(於聽完解決問題所需的具體訊息之後,測驗是否能夠理解應當採取的下一個適切步驟)。
		2	理解重點 ◇	6	於聽取完整的會話段落之後,測驗是否能夠理解其內容(依據剛才已聽過的提示,測驗是否能夠抓住應當聽取的重點)。
		3	適切話語 ◆	5	測驗一面看圖示,一面聽取情境說明時,是否能夠選擇適切的話語。
		4	即時應答 ◆	6	測驗於聽完簡短的詢問之後,是否能夠選擇適切的應答。

＊「小題題數」為每次測驗的約略題數,與實際測驗時的題數可能未盡相同。此外,亦有可能會變更小題題數。

＊有時在「讀解」科目中,同一段文章可能會有數道小題。

＊符號標示:「◆」舊制測驗沒有出現過的嶄新題型;「◇」沿襲舊制測驗的題型,但是更動部分形式;「○」與舊制測驗一樣的題型。

資料來源:《日本語能力試驗JLPT官方網站:分項成績・合格判定・合否結果通知》。2016年1月11日,
　　　　取自:http://www.jlpt.jp/tw/guideline/results.html

本書使用說明

Point 1 漸進式學習

利用單字、詞組（短句）和例句（長句），由淺入深提高理解力。

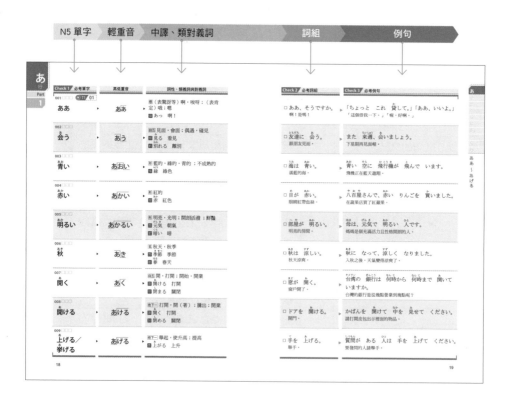

Point 2 三段式間歇性複習法

⇨ 以一個對頁為單位，每背 10 分鐘回想默背一次，每半小時回頭總複習一次。

⇨ 每個單字都有三個方格，配合三段式學習法，每複習一次就打勾一次。

⇨ 接著進行下個對頁的學習！背完第一組 10 分鐘，再複習默背上一對頁的第三組單字。

前一對頁第 3 組單字 ←

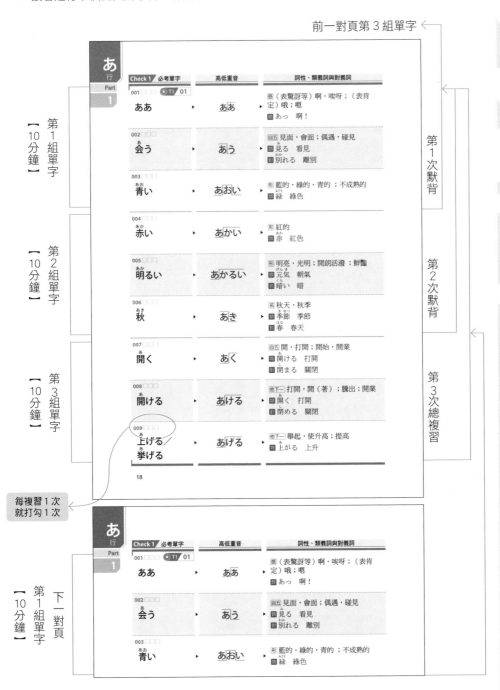

あ行 Part 1	Check 1 必考單字	高低重音	詞性、類義詞與對義詞
001 □□□ ● T1 01	ああ	ああ	感（表驚訝等）啊，唉呀；（表肯定）哦；嗯 類 あっ 啊！
002 □□□	会う	あう	自五 見面，會面；偶遇，碰見 類 見る 看見 對 別れる 離別
003 □□□	青い	あおい	形 藍的，綠的，青的；不成熟的 類 緑 綠色
004 □□□	赤い	あかい	形 紅的 類 赤 紅色
005 □□□	明るい	あかるい	形 明亮，光明；開朗活潑；鮮豔 類 元気 朝氣 對 暗い 暗
006 □□□	秋	あき	名 秋天，秋季 類 季節 季節 對 春 春天
007 □□□	開く	あく	自五 開，打開；開始，開業 類 開ける 打開 對 閉まる 關閉
008 □□□	開ける	あける	他下一 打開，開（著）；騰出；開業 類 開く 打開 對 閉める 關閉
009 □□□	上げる／挙げる	あげる	他下一 舉起，使升高；提高 類 上がる 上升

18

【第 1 組單字 10 分鐘】 【第 2 組單字 10 分鐘】 【第 3 組單字 10 分鐘】

第 1 次默背 第 2 次默背 第 3 次總複習

每複習 1 次就打勾 1 次

あ行 Part 1	Check 1 必考單字	高低重音	詞性、類義詞與對義詞
001 □□□ ● T1 01	ああ	ああ	感（表驚訝等）啊，唉呀；（表肯定）哦；嗯 類 あっ 啊！
002 □□□	会う	あう	自五 見面，會面；偶遇，碰見 類 見る 看見 對 別れる 離別
003 □□□	青い	あおい	形 藍的，綠的，青的；不成熟的 類 緑 綠色

【第 1 組單字 10 分鐘】 下一對頁

Point 3 分類單字

依主題分類，將同類單字集合在一起，營造出場景畫面，透過聯想增加單字靈活運用能力。

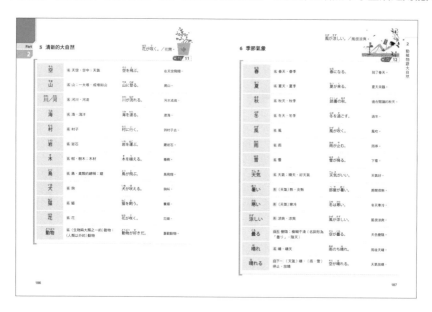

Point 4 三回全真模擬試題

本書三回模擬考題，完全符合新日檢官方試題的出題形式、場景設計、出題範圍，讓你考前複習迅速掌握重點。

日本語能力試驗

JLPT

N5 單字

Check 1	必考單字	高低重音	詞性、類義詞與對義詞

001 □□□ ● T1 01

ああ ▶ あ￣あ ▶
感（表驚訝等）啊，咳呀；（表肯定）哦；嗯
類 あっ　啊！

002 □□□

会う ▶ あ￣う ▶
自五 見面，會面；偶遇，碰見
類 見る　看見
對 別れる　離別

003 □□□

青い ▶ あ￣おい ▶
形 藍的，綠的，青的；不成熟的
類 緑　緑色

004 □□□

赤い ▶ あ￣かい ▶
形 紅的
類 赤　紅色

005 □□□

明るい ▶ あ￣かるい ▶
形 明亮，光明；開朗活潑；鮮豔
類 元気　朝氣
對 暗い　暗

006 □□□

秋 ▶ あ￣き ▶
名 秋天，秋季
類 季節　季節
對 春　春天

007 □□□

開く ▶ あ￣く ▶
自五 開，打開；開始，開業
類 開ける　打開
對 閉まる　關閉

008 □□□

開ける ▶ あ￣ける ▶
他下一 打開，開（著）；騰出；開業
類 開く　打開
對 閉める　關閉

009 □□□

上げる／
挙げる ▶ あ￣げる ▶
他下一 舉起，使升高；提高
類 上がる　上升

Check 2 必考詞組	**Check 3** 必考例句
□ ああ、そうですか。 啊！是嗎！	▶ 「ちょっと これ 貸して。」「ああ、いいよ。」 「這個借我一下。」「喔，好啊。」
□ 友達に 会う。 跟朋友見面。	▶ また 来週、会いましょう。 下星期再見面喔。
□ 海は 青い。 湛藍的海。	▶ 青い 空に 飛行機が 飛んで います。 飛機正在藍天遨翔。
□ 目が 赤い。 眼睛紅帶血絲。	▶ 八百屋さんで、赤い りんごを 買いました。 在蔬果店買了紅蘋果。
□ 部屋が 明るい。 明亮的房間。	▶ 母は、元気で 明るい 人です。 媽媽是個充滿活力且性格開朗的人。
□ 秋は 涼しい。 秋天涼爽。	▶ 秋に なって、涼しく なりました。 入秋之後，天氣變得涼爽了。
□ 窓が 開く。 窗戶開了。	▶ 台湾の 銀行は 何時から 何時まで 開いて いますか。 台灣的銀行是從幾點營業到幾點呢？
□ ドアを 開ける。 開門。	▶ かばんを 開けて 中を 見せて ください。 請打開皮包出示裡面的物品。
□ 手を 上げる。 舉手。	▶ 質問が ある 人は 手を 上げて ください。 要發問的人請舉手。

Check 1 必考單字	高低重音	詞性、類義詞與對義詞

010 □□□
朝
あさ
▶ あさ ▶
名 早上，早晨
類 午前 上午
對 夕方 傍晚

011 □□□
朝ご飯
あさ はん
▶ あさごはん ▶
名 早餐，早飯
類 朝飯 早飯
あさめし
對 晩ご飯 晩餐
ばん はん

012 □□□
明後日
あさって
▶ あさって ▶
名 後天
類 明後日 後天
みょう ご にち
對 一昨日 前天
おと とい

013 □□□ ◎ T1 / 02
足
あし
▶ あし ▶
名 腳；（器物的）腳
類 体 身體
からだ
對 手 手
て

014 □□□
明日
あした
▶ あした ▶
名 明天
類 明日 明天
あ す
對 昨日 昨天
きのう

015 □□□
あそこ
▶ あそこ ▶
代 那邊，那裡
類 あちら 那裡

016 □□□
遊ぶ
あそ
▶ あそぶ ▶
自五 玩，遊玩；閒著，沒工作
類 旅行する 旅行
りょこう
對 働く 工作
はたら

017 □□□
暖かい
あたた
▶ あたたかい ▶
形 溫暖的；溫和的
類 やさしい 溫和
對 涼しい 涼爽
すず

018 □□□
頭
あたま
▶ あたま ▶
名 頭；物體的頂端
類 首 頭
くび
對 尻 屁股
しり

Check 2 必考詞組	**Check 3** 必考例句

□ 朝に　なる。
天亮。

▶ 毎朝、犬の　散歩を　して　います。
每天早上都帶狗去散步。

□ 朝ご飯を　食べました。
吃過早飯了。

▶ 朝ご飯に　パンと　卵を　食べました。
我早飯吃了麵包和蛋。

□ あさってに　返す。
後天歸還。

▶ あさっては　弟の　誕生日です。
後天是弟弟的生日。

□ 足は　長い。
腳長。

▶ たくさん　歩いたので　足が　痛く　なりました。
走了很多路，腳痛了。

□ 明日の　朝。
明天早上。

▶ 嬉しいな。明日から　夏休みだ。
好開心喔，明天開始放暑假囉！

□ あそこに　ある。
在那裡。

▶ あそこに　見えるのが　東京駅です。
朝那邊望去可以看到東京車站。

□ 京都に　遊ぶ。
遊京都。

▶ 休みの　日は　子供と　公園で　遊びます。
休假時陪孩子在公園裡玩耍。

□ 暖かい　天気。
天氣溫暖。

▶ 今日は　いい　お天気で　暖かいですね。
今天天氣真好，很暖和呢。

□ 頭が　いい。
頭腦聰明。

▶ 彼は「ごめんなさい」と　頭を　下げました。
他說著「對不起」，低下頭致歉了。

Check 1 必考單字	高低重音	詞性、類義詞與對義詞

019 □□□
あたら
新しい ▸ あたらしい ▸
形 新的，新鮮的
類 若い　年輕
對 古い　舊的

020 □□□
あちら ▸ あちら ▸
代 那兒，那裡；那個；那位
類 あそこ　那裡

021 □□□
あつ
厚い ▸ あつい ▸
形 厚；（感情，友情）深厚
類 広い　寬闊
對 薄い　薄的

022 □□□
あつ
暑い ▸ あつい ▸
形 熱的，酷熱的
類 暖かい　溫暖的
對 寒い　寒冷的

023 □□□
あと
後 ▸ あと ▸
形 （地點）後面；（時間）以後；（順序）之後；（將來的事）以後
類 後ろ　背後
對 先　前面

024 □□□ ● T1 03
あなた
貴方 ▸ あなた ▸
代 您；老公
類 君　君、你
對 私　我

025 □□□
あに
兄 ▸ あに ▸
名 哥哥，家兄；姊夫，大舅子
類 おにいさん　哥哥
對 弟　弟弟

026 □□□
あね
姉 ▸ あね ▸
名 姊姊，家姊；嫂子，大姨子
類 お姉さん　姊姊
對 妹　妹妹

027 □□□
あの ▸ あの ▸
連體 （表第三人稱，離說話雙方都距離遠的）那，那裡，那個
對 この　這，這個

Check 2 必考詞組	**Check 3** 必考例句

□ 新しい 家。
新房子。

▶ 木村先生は 4月に 来た 新しい 先生です。
木村老師是四月份報到的新老師。

□ あちらへ 行く。
去那裡。

▶ エレベーターは あちらです。
電梯在那邊。

□ 厚い コート。
厚重的大衣。

▶ 寒いので、厚い 靴下を 履きました。
天氣冷，所以穿了厚襪子。

□ 部屋が 暑い。
房間悶熱。

▶ 暑い 日は 冷たい シャワーを 浴びます。
在大熱天裡沖冷水澡。

□ あとで する。
等一下再做。

▶ 授業の あと、図書館で 勉強 します。
下課後在圖書館裡用功。

□ あなたに 会う。
跟你見面。

▶ あなたは 今、何歳ですか。
你現在幾歲呢？

□ 兄と 喧嘩する。
跟哥哥吵架。

▶ 兄は 私より 背が 高いです。
哥哥長得比我高。

□ 姉は 忙しい。
姊姊很忙。

▶ 姉は ピアノが 上手です。
姊姊很會彈鋼琴。

□ あの 店。
那家店。

▶ 「あの人は だれですか。」「あれは 井上さん です。」
「那個人是誰呢？」「他是井上先生。」

Check 1 必考單字	高低重音	詞性、類義詞與對義詞

028 □□□

あのう ▸ あのう ▸ 感 那個，請問，喂；啊，嗯（招呼人時，說話躊躇或不能馬上說出下文時）
類 すみません　請問

029 □□□

アパート
【apartment house 之略】 ▸ アパート ▸ 名 公寓
類 マンション／mansion　大廈

030 □□□

浴びる ▸ あびる ▸ 他上一 淋，浴，澆；照，曬
類 洗う　沖洗

031 □□□

危ない ▸ あぶない ▸ 形 危險，不安全；靠不住的，令人擔心的；（形勢，病情等）危急
類 危険　危険
對 安全　安全

032 □□□

甘い ▸ あまい ▸ 形 甜的；甜蜜的，甜美的
類 甘口　甜頭
對 辛い　辣

033 □□□

余り ▸ あまり ▸ 副（後接否定）不太…，不怎麼…；過分，非常
類 とても　非常

034 □□□

雨 ▸ あめ ▸ 名 雨，下雨，雨天
類 雪　下雪
對 晴れ　晴天

035 □□□ ● T1 04

洗う ▸ あらう ▸ 他五 沖洗，清洗，洗滌
類 洗濯する　洗衣服

036 □□□

在る ▸ ある ▸ 自五 在，存在
類 いる　在
對 無い　沒有

Check 2　必考詞組	Check 3　必考例句
□ あのう、すみませんが。 那個・請問一下。 ▶	あのう、ちょっと　静かに　して　もらえませんか。 不好意思，可以安靜一點嗎？
□ アパートに　住む。 住在公寓。 ▶	駅から　近い　アパートに　住みたいです。 我想住在車站附近的公寓。
□ シャワーを　浴びる。 淋浴。 ▶	プールで　泳いだ　あと、シャワーを　浴びました。 在泳池游泳之後淋浴了。
□ 命が　危ない。 命在旦夕。 ▶	あ、危ない、前から　車が　来ますよ。 啊，危險！前面有車子開過來喔！
□ チョコレートは　甘い。 巧克力很甜。 ▶	ご飯の　あとに　甘い　お菓子は　いかがですか。 吃完飯後要不要嚐個甜點呢？
□ あまり　高く　ない。 不怎麼貴。 ▶	この　映画は　あまり　面白く　ないです。 這部電影不怎麼有意思。
□ 雨が　多い。 雨水多。 ▶	今日は　朝から　雨が　降って　います。 今天一早就下起雨來。
□ 顔を　洗う。 洗臉。 ▶	お皿や　コップを　きれいに　洗います。 把盤子和杯子洗乾淨。
□ 台所に　ある。 在廚房。 ▶	この　近くに　本屋さんは　ありませんか。 這附近有書店嗎？

25

Check 1 必考單字	高低重音	詞性、類義詞與對義詞

037 □□□

有る あ ▸ ある ▸ 自五 有，持有，具有
類 いる　有
對 無い　沒有

038 □□□

歩く ある ▸ あるく ▸ 自五 走路，步行
對 走る　奔跑

039 □□□

あれ ▸ あれ ▸ 代 那，那個；那時；那裡
類 あちら　那個
對 これ　這個

040 □□□

良い／良い い／よ ▸ いい／よい ▸ 形 好，佳，良好；可以，行
類 結構 很好
對 悪い　不好

041 □□□

いいえ ▸ いいえ ▸ 感（用於否定）不是，不對，沒有
類 いや　不
對 はい　是

042 □□□

言う い ▸ いう ▸ 他五・自五 說，講
類 話す　說

043 □□□

家 いえ ▸ いえ ▸ 名 房子，房屋；（自己的）家
類 家　自己的家裡（庭）

044 □□□

如何 いかが ▸ いかが ▸ 副・形動 如何，怎麼樣
類 どう　怎麼樣

045 □□□

行く／行く い／ゆ ▸ いく／ゆく ▸ 自五 走；往，去；經過，走過
類 出かける　出門
對 来る　來

□ お金が　ある。
かね
有錢。

▶ 今日は　宿題が　たくさん　あります。
きょう　　しゅくだい
今天要做很多習題。

□ 道を　歩く。
みち　　ある
走在路上。

▶ うちから　学校まで　歩いて　10分です。
がっこう　　　ある　　じゅっぷん
從我家走到學校是十分鐘。

□ あれが　欲しい。
ほ
想要那個。

▶ 「あれは　駅ですか。」「いいえ、あれは　銀行
えき　　　　　　　　　　　　ぎんこう
ですよ。」
「那是車站嗎？」「不，那是銀行喔！」

□ いい　人。
ひと
好人。

▶ 木村先生は、学生に　親切な　いい　先生です。
きむらせんせい　　がくせい　しんせつ　　　　せんせい
木村老師是一位對待學生親切的好老師。

□ いいえ、まだです。
不，還沒有。

▶ 「あなたは　学生ですか。」「いいえ、会社員で
がくせい　　　　　　　　　　かいしゃいん
す。」
「你是學生嗎？」「不，是公司職員。」

□ お礼を　言う。
れい　　い
道謝。

▶ 女の子は「こんにちは」と　言いました。
おんな　こ　　　　　　　　　　い
女孩說了聲「您好」。

□ 家を　建てる。
いえ　　た
蓋房子。

▶ 私の　家は　海の　そばに　あります。
わたし　いえ　うみ
我家在海邊。

□ お一つ　いかが。
ひと
來一個如何。

▶ 「温かい　お茶は　いかがですか。」「ありがと
あたた　　　ちゃ
うございます。いただきます。」
「要不要來點熱茶？」「謝謝，麻煩您。」

□ 会社へ　行く。
かいしゃ　　い
去公司。

▶ 地下鉄で　デパートへ　行きました。
ちかてつ　　　　　　　い
搭地鐵去了百貨公司。

27

Check 1 必考單字	高低重音	詞性、類義詞與對義詞
046 □□□ ●T1/05 いく 幾つ	▶ いくつ	▶ 名 幾個；幾歲 類 何個 多少個
047 □□□ いく 幾ら	▶ いくら	▶ 名 多少；不論怎麼…也 類 どのくらい 多少
048 □□□ いけ 池	▶ いけ	▶ 名 池塘；（庭院中的）水池 類 湖 湖
049 □□□ いしゃ 医者	▶ いしゃ	▶ 名 醫生，大夫 類 ドクター／doctor 醫生 對 患者 病患
050 □□□ い す 椅子	▶ いす	▶ 名 椅子 類 席 席位 對 机 桌子
051 □□□ いそが 忙しい	▶ いそがしい	▶ 形 忙，忙碌 類 大変 不得了 對 暇 空閒
052 □□□ いた 痛い	▶ いたい	▶ 形 疼痛；（因為遭受打擊而）痛苦，難過 類 苦しい 痛苦
053 □□□ いただ 頂きます	▶ いただきます	▶ 寒暄 我就不客氣了 對 ご馳走様 我吃飽了
054 □□□ いち 一	▶ いち	▶ 名 （數）一；第一 類 一つ 一個

□ いくつも　無い。	「パンは　いくつ　食べますか。」「三つ　くだ
沒有幾個。	さい。」
	「你要吃幾片麵包？」「請給我三片。」

□ いくら　いる。	「いくらですか。」「1200 円に　なります。」
需要多少錢呢？	「多少錢呢？」「一千兩百圓。」

□ 池を　つくる。	この　池で　泳いでは　いけません。
蓋水池。	不可以在這個池子裡游泳。

□ 医者に　行く。	私の　父は　大学病院の　医者です。
去看病。	家父是大學附設醫院的醫師。

□ 椅子に　座る。	こちらの　椅子に　座って　お待ち　ください。
坐到椅子上。	請坐在這張椅子上稍候。

□ 仕事が　忙しい。	今週は　忙しいので、来週　行きます。
工作繁忙。	這星期很忙，所以下週再去。

□ 頭が　痛い。	頭が　痛いので、薬を　飲みました。
頭痛。	頭很痛，所以吃了藥。

□ たくさん　いただきました。	わあ、おいしそう、いただきまーす。
收到了很多。	哇，看起來好好吃喔！我開動囉！

□ 月に　一度。	お皿を　1枚、取って　ください。
一個月一次。	請幫我拿一張盤子。

いくつ～いち

Check 1 必考單字	高低重音	詞性、類義詞與對義詞

055 □□□

いちいち
一々 ▶ いちいち ▶ 名·副 一一，一個一個；全部
類 一つ一つ　一個一個

056 □□□

いちにち
一日 ▶ いちにち ▶ 名 一天，一日；終日，一整天
類 1日間　一天
對 毎日　每天

057 □□□ ● T1 06

いちばん
一番 ▶ いちばん ▶ 名·副 最初，第一；最好，最優秀
類 はじめ　開始

058 □□□

いつ
何時 ▶ いつ ▶ 代 何時，幾時，什麼時候；平時
類 何時　幾點

059 □□□

いつか
五日 ▶ いつか ▶ 名 (每月) 五號；五天
類 五つ　五個

060 □□□

いっしょ
一緒 ▶ いっしょ ▶ 名·自サ 一起；一樣
類 同じ　同一個
對 別　個別

061 □□□

いつ
五つ ▶ いつつ ▶ 名 (數) 五；五個，五歲
類 5個　五個

062 □□□

いつ
何時も ▶ いつも ▶ 副 經常，隨時，無論何時
類 たいてい　大都
對 ときどき　偶爾

063 □□□

いぬ
犬 ▶ いぬ ▶ 名 狗
類 猫　貓

Check 2 　必考詞組	Check 3 　必考例句
□ いちいち　聞く。 ――詢問。	▶ いちいち　消さなくても、この　ボタンで　全部　消えますよ。 不必一顆一顆慢慢關，只要按下這顆按鈕就可以一口氣全部關掉了。
□ 一日が　過ぎた。 過了一天。	▶ 今日は　楽しい　一日でした。 今天度過了愉快的一天。
□ 一番　安い。 最便宜。	▶ 真一くんは　クラスで　一番　足が　速いです。 真一是班上跑得最快的同學。
□ いつ　来る。 什麼時候來？	▶ 「日本へは　いつ　来ましたか。」「去年　来ました。」 「您是什麼時候來到日本的呢？」「去年來的。」
□ 五日は　試験だ。 五號要考試。	▶ 1週間に　五日、働きます。 每星期工作五天。
□ 一緒に　行く。 一起去。	▶ 駅まで　一緒に　帰りませんか。 要不要一起走到車站回家呢？
□ 五つに　なる。 長到五歲。	▶ 兄は　私より　五つ、年が　上です。 哥哥大我五歲。
□ いつも　飲む。 經常喝。	▶ 林さんは　いつも　帽子を　かぶって　います。 林先生總是戴著帽子。
□ 犬が　鳴く。 狗叫。	▶ 毎朝、犬と　一緒に　公園を　散歩します。 每天早上都和狗一起到公園散步。

Check 1 必考單字	高低重音	詞性、類義詞與對義詞
064 □□□ 今 <small>いま</small>	▶ いま ▶	名·副 現在，此刻；（表最近的將來）馬上；剛才 類 ちょうど 剛好 對 昔<small>むかし</small> 以前
065 □□□ 意味 <small>いみ</small>	▶ いみ ▶	名（詞句等）意思，含意，意義 類 言葉<small>ことば</small> 語言
066 □□□ 妹 <small>いもうと</small>	▶ いもうと ▶	名 妹妹；小姑，小姨，弟妹 類 妹<small>いもうと</small>さん 令妹 對 姉<small>あね</small> 姊姊
067 □□□ 嫌 <small>いや</small>	▶ いや ▶	形動 討厭，不喜歡，不願意；厭煩 類 嫌<small>きら</small>い 討厭 對 好<small>す</small>き 喜歡
068 □□□ ●T1/07 いらっしゃい （ませ）	▶ いらっしゃいませ ▶	寒暄 歡迎光臨 類 ようこそ 歡迎
069 □□□ 入り口 <small>い ぐち</small>	▶ いりぐち ▶	名 入口，門口 類 門<small>もん</small> 門 對 出口<small>で ぐち</small> 出口
070 □□□ 居る <small>い</small>	▶ いる ▶	自上一（人或動物的存在）有，在；居住在 類 いらっしゃる （敬）在
071 □□□ 要る <small>い</small>	▶ いる ▶	自上一 需要，必要 類 必要<small>ひつよう</small> 必要
072 □□□ 入れる <small>い</small>	▶ いれる ▶	他下一 放入，裝進，送進；新添；計算進去 類 入<small>はい</small>る 裝入 對 出<small>だ</small>す 拿出

Check 2 必考詞組	Check 3 必考例句
□ 今は 何時ですか。 現在幾點了？	▶「今 何時ですか。」「5時 15分です。」 「現在幾點呢？」「五點十五分。」
□ 意味を 調べる。 查含意。	▶ 言葉の 意味を 辞書で 調べます。 翻辭典查詢語意。
□ 妹は 可愛い。 妹妹很可愛。	▶ 妹の 誕生日に ケーキを 買いました。 在妹妹生日時買了蛋糕。
□ 嫌な 奴。 討人厭的傢伙。	▶「ゲームの 前に 宿題を しなさい。」「嫌だよ。」 「打電玩前先寫功課！」「我才不要！」
□ お客さんが いらっしゃいました。 客人已經到了。	▶ いらっしゃいませ。何名様ですか。 歡迎光臨！請問有幾位呢？
□ 入り口から 入る。 從入口進入。	▶ 公園の 入り口に 桜の 木が あります。 公園的入口處種著櫻樹。
□ 子供が いる。 有小孩。	▶「もしもし、今 どこに いますか。」「今 まだ 会社に います。」 「喂，你現在在哪裡？」「現在還在公司。」
□ 時間が いる。 需要花時間。	▶ どうぞ、お持ちください。お金は いりませんよ。 歡迎索取，這是免費的喔！
□ 封筒に 入れる。 放入信封內。	▶ 上着の ポケットに ハンカチを 入れます。 把手帕放進上衣的口袋裡。

Check 1 必考單字	高低重音	詞性、類義詞與對義詞

073 □□□

色
いろ

▶ いろ ▶

名 顔色，彩色
類 カラー／color 彩色

---

074 □□□

色々
いろいろ

▶ いろいろ ▶

名・形動・副 各種各樣，各式各樣，形形色色
類 様々 形形色色

---

075 □□□

岩
いわ

▶ いわ ▶

名 岩石
類 石 石頭

---

076 □□□

上
うえ

▶ うえ ▶

名 （位置）上面；上，高，好；表面，外面
類 そと 外面
對 下 下方

---

077 □□□

後ろ
うしろ

▶ うしろ ▶

名 後面，背面；背後，背地裡
類 後 後面
對 前 前面

---

078 □□□ ● T1 / 08

薄い
うすい

▶ うすい ▶

形 薄；淺，淡；待人冷淡
類 細い 細小的
對 厚い 厚

---

079 □□□

歌
うた

▶ うた ▶

名 歌，歌曲
類 音楽 音樂

---

080 □□□

歌う
うた

▶ うたう ▶

他五 唱歌
類 踊る 跳舞

---

081 □□□

家
うち

▶ うち ▶

名 房子，房屋；（自己的）家
類 家 自家
對 外 外面

Check 2 必考詞組	Check 3 必考例句
□ 色が 暗い。 顔色黯淡。	「きれいな 色の 花ですね。」「これは バラ です。」 「這種花的顏色好美呀！」「這是玫瑰。」
□ いろいろな 本。 各式各樣的書籍。	▶ パーティーで、いろいろな 国の 人と 話し ました。 在宴會上和各種國籍的人交談了。
□ 岩の 多い 山。 有很多岩石的山。	▶ 山に 登って、岩の 上で お弁当を 食べま した。 爬到山上，在岩石上吃了便當。
□ 上を 向く。 往上看。	▶ 眼鏡は 頭の 上に ありますよ。 眼鏡就掛在你頭頂上喔！
□ 後ろを 見る。 看後面。	▶ 後ろの 席の 人は 聞こえますか。 坐在後面的人聽得到嗎？
□ 薄い 紙。 薄紙。	▶ 朝ご飯は コーヒーと 薄い パンが 1枚 だけでした。 早餐只喝了咖啡和吃了一片薄麵包。
□ 歌を 書く。 寫歌。	▶ この 歌を 聞くと いつも 元気に なります。 每次聽到這首歌總會精神為之一振。
□ 歌を 歌う。 唱歌。	▶ カラオケでは どんな 歌を 歌いますか。 你在卡拉OK都唱什麼樣的歌呢？
□ うちへ 帰る。 回家。	▶ うちから 学校まで 自転車で 10分です。 從家裡到學校騎腳踏車是十分鐘。

あ

行

Part
1

Check 1 必考單字	高低重音	詞性、類義詞與對義詞
082 □□□ 生まれる	うまれる	自下一 出生；誕生，產生 類 誕生日　生日 對 死ぬ　死亡
083 □□□ 海	うみ	名 海，海洋 類 川　河川 對 山　山
084 □□□ 売る	うる	他五 賣，販賣 類 セールス／ sales　銷售 對 買う　買
085 □□□ 上着	うわぎ	名 上衣；外衣 類 コート／ coat　上衣 對 下着　內衣
086 □□□ 絵	え	名 畫，圖畫，繪畫 類 絵画　繪畫
087 □□□ 映画	えいが	名 電影 類 写真　照片
088 □□□ 映画館	えいがかん	名 電影院 類 図書館　圖書館
089 □□□ 英語	えいご	名 英語，英文 類 〜語　…語
090 □□□ ●T1／09 ええ	ええ／ええ	感（用降調表示肯定）是的，嗯；（用升調表示驚訝）哎呀，啊 類 はい　是 對 いいえ　不是

36

□ 子供が 生まれる。
孩子出生。

▶ 生まれた とき、3200 グラムでした。
當年出生的時候，體重是3200公克。

□ 海を 渡る。
渡海。

▶ 海の 見える 街に 住みたいです。
我想住在可以看海的小鎮上。

□ 野菜を 売る。
賣菜。

▶ お金が 無くて、車を 売りました。
家裡沒錢，只好把車子賣了。

□ 上着を 脱ぐ。
脱外套。

▶ 上着を 脱いで、部屋に 入りました。
脱下外套，進了房間。

□ 絵を 描く。
畫圖。

▶ 病院の 廊下に 花の 絵が かかって います。
醫院的走廊掛著以花為主題的畫作。

□ 映画が 始まる。
電影要開始了。

▶ フランスの 古い 映画が 好きです。
我喜歡法國的老電影。

□ 映画館で 見る。
在電影院看。

▶ この 映画は 映画館で 見て ほしいですね。
真想在電影院裡觀賞這部電影呀！

□ 英語が できる。
會說英語。

▶ イギリス人の 先生に 英語の 歌を 習いました。
我向身為英國人的老師學了英文歌。

□ ええ、そうです。
嗯，是的。

▶ 「この 席、空いてますか。」「ええ、どうぞ。」
「這個位子沒人坐嗎？」「是的，請坐。」

あ行

Part 1

Check 1 必考單字	高低重音	詞性、類義詞與對義詞
091 □□□ えき 駅 ▸	えき ▸	名（鐵路的）車站 類 バス停　公車站
092 □□□ エレベーター ▸ 【elevator】	エレベーター ▸	名 電梯，升降機 類 階段　樓梯
093 □□□ えん 円 ▸	えん ▸	名・接尾 日圓（日本的貨幣單位）；圓 （形狀） 類 ドル／ dollar　美金
094 □□□ えんぴつ 鉛筆 ▸	えんぴつ ▸	名 鉛筆 類 ペン／ pen　原子筆
095 □□□ お　おん 御／御 ▸	お／おん ▸	接頭 您（的）…，貴…；放在字首， 表示尊敬語及美化語 類 御～　貴…（表尊敬）
096 □□□ おい 美味しい ▸	おいしい ▸	形 美味的，可口的，好吃的 類 旨い　美味 對 不味い　難吃
097 □□□ おお 多い ▸	おおい ▸	形 多，多的 類 たくさん　很多 對 少ない　少
098 □□□ おお 大きい ▸	おおきい ▸	形（體積，身高，程度，範圍等）大， 巨大；（數量）大，廣大 類 高い　高大的 對 小さい　小的
099 □□□ おおぜい 大勢 ▸	おおぜい ▸	名 很多人，眾人 類 たくさん　很多 對 少ない　少的

□ 駅で　待ち合わせる。
約在車站見面。

▶ 駅に　着いたら　電話　して　ください。
抵達車站後請打電話給我。

□ エレベーターに
乗る。
搭電梯。

▶ エレベーターは、あちらの　階段の　横に　あります。
電梯在那道樓梯的旁邊。

□ 一万円
一萬圓

▶ 「いくらですか。」「全部で　2800円に　なります。」
「多少錢呢？」「總共2800圓。」

□ 鉛筆を　買う。
買鉛筆。

▶ 時間です。テストを　やめて　鉛筆を　置いて
ください。
時間到了。請停止作答，放下鉛筆。

□ お友達
朋友

▶ 先生、どうぞ　お体を　大切に　して　ください。
老師，請務必保重玉體。

□ おいしい　料理。
佳餚。

▶ 駅前の　台湾料理の　店は　とても　おいしい
です。
車站前那家賣台灣菜的餐館很好吃喔！

□ 宿題が　多い。
很多功課。

▶ 渋谷の　交差点は　いつも　人が　多いです。
澀谷的十字路口總是人潮眾多。

□ 体が　大きい。
身材很高大。

▶ 大きい　箱と　小さい　箱、どちらが　欲しい
ですか。
大盒子和小盒子，你想要哪一個？

□ 大勢の　人。
人數眾多。

▶ お店の　前に　大勢の　人が　並んでいます。
店家前面有許多人在排隊。

Check 1　必考單字	高低重音	詞性、類義詞與對義詞
100 □□□ **お母さん** <small>かあ</small>	おかあさん	名 母親；令堂 類 はは　家母 對 お父さん　父親 <small>とう</small>
101 □□□ ●T1 / 10 **お菓子** <small>か　し</small>	おかし	名 點心，糕點 類 おやつ　下午茶
102 □□□ **お金** <small>かね</small>	おかね	名 錢，貨幣 類 円　日圓 <small>えん</small>
103 □□□ **起きる** <small>お</small>	おきる	自上一 （倒著的東西）起來，立起來，坐起來；起床 類 目覚める　睡醒 <small>め　ざ</small> 對 寝る　睡覺 <small>ね</small>
104 □□□ **置く** <small>お</small>	おく	他五 放，置，擱 對 取る　放著 <small>と</small>
105 □□□ **奥さん** <small>おく</small>	おくさん	名 太太，尊夫人 類 妻　太太 <small>つま</small> 對 ご主人　您的丈夫 <small>しゅじん</small>
106 □□□ **お酒** <small>さけ</small>	おさけ	名 酒；清酒 類 ビール／ beer　啤酒
107 □□□ **お皿** <small>さら</small>	おさら	名 盤子 類 茶碗　茶碗，飯碗 <small>ちゃわん</small>
108 □□□ **お祖父さん／** <small>じ　い</small> **お爺さん** <small>じい</small>	おじいさん	名 祖父；外公；老爺爺 類 祖父　祖父 <small>そ　ふ</small> 對 お祖母さん　祖母 <small>ば　あ</small>

Check 2 必考詞組	Check 3 必考例句
□ お母さんが 大好きだ。 我喜歡母親。	時々、お母さんの 声が 聞きたく なります。 我不時思念起媽媽的聲音。
□ お菓子を つまむ。 吃點心。	お菓子を 作って、友達に あげました。 做些甜點送給了朋友。
□ お金を 落とす。 把錢用丟了。	お金では 買えない ものが あります。 有些東西是金錢買不到的。
□ 6時に 起きる。 六點起床。	毎朝 早く 起きて、公園まで 走って います。 每天早起，一路跑到公園。
□ テーブルに 置く。 放桌上。	コップは テーブルの 上に 置いて ください。 杯子請擺在桌上。
□ 奥さんに よろしく。 代我向您太太問好。	隣の 奥さんに みかんを もらいました。 鄰居太太送了橘子來。
□ お酒を 飲む。 喝酒。	パーティーで おいしい お酒を 飲みました。 在酒會上享用了佳釀。
□ お皿を 洗う。 洗盤子。	ご飯の あと、使った お皿を 洗います。 吃完飯後，刷洗用過的盤子。
□ お祖父さんから 聞く。 從祖父那裡聽來的。	サンタクロースは 世界で 一番 有名な お爺さんです。 耶誕老公公是全世界名氣最大的爺爺。

Check 1 必考單字	高低重音	詞性、類義詞與對義詞

109 □□□
<ruby>教<rt>おし</rt></ruby>える ▶ おしえる ▶ 他下一 教授，指導；告訴
類 <ruby>授業<rt>じゅぎょう</rt></ruby> 教學
對 <ruby>習<rt>なら</rt></ruby>う 學習

110 □□□
<ruby>伯父<rt>お じ</rt></ruby>さん／
<ruby>叔父<rt>お じ</rt></ruby>さん ▶ おじさん ▶ 名 伯伯，叔叔，舅舅，姨丈，姑丈；大叔
類 おじ 叔叔
對 <ruby>伯母<rt>お ば</rt></ruby>さん 伯母

111 □□□ ⦿T1／11
<ruby>押<rt>お</rt></ruby>す ▶ おす ▶ 他五 擠；推；壓，按
對 引く（拉）

112 □□□
<ruby>遅<rt>おそ</rt></ruby>い ▶ おそい ▶ 形（速度上）慢，緩慢；（時間上）遲的，晚到的；趕不上
類 ゆっくり 慢，不著急
對 <ruby>速<rt>はや</rt></ruby>い 快

113 □□□
<ruby>お茶<rt>ちゃ</rt></ruby> ▶ おちゃ ▶ 名 茶，茶葉；茶道
類 コーヒー／（荷）koffie 咖啡

114 □□□
<ruby>お手洗<rt>て あら</rt></ruby>い ▶ おてあらい ▶ 名 廁所，洗手間
類 トイレ／toilet 廁所

115 □□□
<ruby>お父<rt>とう</rt></ruby>さん ▶ おとうさん ▶ 名 父親；令尊
類 <ruby>父<rt>ちち</rt></ruby> 家父
對 <ruby>お母<rt>かあ</rt></ruby>さん 母親

116 □□□
<ruby>弟<rt>おとうと</rt></ruby> ▶ おとうと ▶ 名 弟弟；妹夫，小叔
類 <ruby>弟<rt>おとうと</rt></ruby>さん 令弟
對 <ruby>兄<rt>あに</rt></ruby> 哥哥

117 □□□
<ruby>一昨日<rt>お と と い</rt></ruby> ▶ おととい ▶ 名 前天
類 <ruby>一昨日<rt>いっさくじつ</rt></ruby> 前天
對 <ruby>明後日<rt>あ さ って</rt></ruby> 後天

Check 2　必考詞組	Check 3　必考例句

□ 日本語を　教える。
教日語。

▶ 母は　中学校で　英語を　教えて　います。
媽媽在中學教英文。

□ 伯父さんは　厳しい。
伯伯很嚴格。

▶ 冬休みに　伯父さんの　家に　行きました。
寒假時去了伯父家。

□ ボタンを　押す。
按按鈕。

▶ この　ボタンを　押すと、ドアが　閉まります。
只要按下這顆按鈕，門就會關上。

□ 仕事が　遅い。
工作進度慢。

▶ 斉藤さんは　遅いですね。電話して　みましょう。
齊藤先生怎麼還沒來呢？打個電話問問吧。

□ お茶を　飲む。
喝茶。

▶ 疲れたでしょう。熱い　お茶を　一杯　どうぞ。
累了吧？請喝杯熱茶。

□ お手洗いに　行く。
去洗手間。

▶ 休み時間に　お手洗いに　行きます。
利用休息時間去洗手間。

□ お父さんに　怒られる。
被爸爸訓斥了一頓。

▶ 日曜日、お父さんは　プールに　行きました。
星期天，爸爸去了游泳池。

□ 弟が　面白い。
弟弟很有趣。

▶ 弟は　英語と　ピアノを　習って　います。
弟弟在上英文課和鋼琴課。

□ おとといの　朝。
前天早上。

▶ おとといやった　テストを　返します。
發回前天測驗的試卷。

Check 1 必考單字	高低重音	詞性、類義詞與對義詞

118 ☐☐☐
おととし
一昨年 ▸ おととし ▸
名 前年
類 一昨年 前一年
對 再来年 後年

119 ☐☐☐
おとな
大人 ▸ おとな ▸
名 大人，成人
類 成人 成年人
對 子供 小孩子

120 ☐☐☐
なか
お腹 ▸ おなか ▸
名 肚子；腸胃
類 腹 腹部
對 背中 背後

121 ☐☐☐
おな
同じ ▸ おなじ ▸
名・連體・副 相同的，同等的；同一個
類 一緒 一様
對 違う 不同

122 ☐☐☐
にい
お兄さん ▸ おにいさん ▸
名 哥哥
類 兄 家兄

123 ☐☐☐ ◉T1/12
ねえ
お姉さん ▸ おねえさん ▸
名 姊姊
類 姉 家姊

124 ☐☐☐
ねが
お願いします ▸ おねがいします ▸
寒暄 麻煩，請
類 下さい 請給（我）

125 ☐☐☐
ば あ
お祖母さん／
ば あ
お婆さん ▸ おばあさん ▸
名 祖母；外祖母；老婆婆
對 お祖父さん 祖父

126 ☐☐☐
おば
伯母さん／
おば
叔母さん ▸ おばさん ▸
名 姨媽，嬸嬸，姑媽，伯母，舅媽；大嬸
類 叔母 阿姨
對 伯父さん 伯伯

□ おととしの　春。
前年春天。

▶ 日本に　来たのは、おととしの　春でした。
我是在前年春天來到日本的。

□ 大人に　なる。
變成大人。

(切符売り場で)「大人　2枚、子供　1枚　ください。」
（在售票處）「我要買大人兩張、小孩一張。」

□ お腹が　痛い。
肚子痛。

▶ ああ、おいしかった。お腹　いっぱいだ。
呼，真是太好吃了。肚子好飽喔！

□ 同じ　考え。
同樣的想法。

▶ 由香さんは　同じ　クラスの　友達です。
由香是我的同班同學。

□ お兄さんは　格好いい。
哥哥很帥氣。

ひろし君の　お兄さんは　ギターが　上手です。
小廣的哥哥很會彈吉他。

□ お姉さんは　やさしい。
姊姊很溫柔。

▶ 由香さんは　お姉さんと　二人で　暮らしています。
由香小姐和她姊姊兩人住在一起。

□ よろしく　お願いします。
請多多指教。

▶ はじめまして。どうぞ　よろしく　お願いします。
幸會，請多多指教。

□ お祖母さんは　元気だ。
祖母身體很好。

▶ お祖母さんに　セーターを　買って　もらいました。
我請奶奶買了一件毛衣給我。

□ 伯母さんが　嫌いだ。
我討厭姨媽。

▶ 叔母さんの　家には　猫が　3匹　います。
伯母家有三隻貓。

Check 1 必考單字	高低重音	詞性、類義詞與對義詞

127 □□□

おはようござ
います
▶ おはようございます ▶
寒暄 早安，您早
類 おはよう　早安

128 □□□

お弁当_{べんとう}
▶ おべんとう ▶
名 便當
類 お握_{にぎり}　御飯糰

129 □□□

覚_{おぼ}える
▶ おぼえる ▶
他下一 記住，記得；學會，掌握
類 知_しる　理解
對 忘_{わす}れる　忘記

130 □□□

お巡_{まわ}りさん
▶ おまわりさん ▶
名（俗稱）警察，巡警
類 警官_{けいかん}　警察官

131 □□□

重_{おも}い
▶ おもい ▶
形（份量）重；沉重
類 大切_{たいせつ}　重要
對 軽_{かる}い　輕

132 □□□ ● T1／13

面白_{おもしろ}い
▶ おもしろい ▶
形 好玩；有趣，新奇；可笑的
類 楽_{たの}しい　好玩
對 つまらない　無聊

133 □□□

お休_{やす}みなさい
▶ おやすみなさい ▶
寒暄 晚安
類 お休_{やす}み　晚安

134 □□□

泳_{およ}ぐ
▶ およぐ ▶
自五（人・魚等在水中）游泳；穿過，
擠過
類 水泳_{すいえい}　游泳

135 □□□

下_おりる／降_おりる
▶ おりる ▶
自上一【下りる】（從高處）下來，降
落；【降りる】（從車，船等）下來
類 降_ふる　降下
對 登_{のぼ}る　登上

□ おはようございます。山下です。
早安，我是山下。

▶ 「先生、おはようございます。」「ああ、木村くん、おはよう。」
「老師早安！」「喔，木村同學早。」

□ お弁当を 作る。
做便當。

▶ 毎朝、子供たちの お弁当を 作ります。
每天早上都要做孩子們的便當。

□ 単語を 覚える。
記單字。

▶ 新しい 言葉を 覚えるのは 大変です。
默背生詞實在很困難。

□ おまわりさんに 聞く。
問警察先生。

▶ 交番の 前に おまわりさんが 立って います。
警察正站在派出所前面。

□ 本が 重い。
書籍沈重。

▶ 重いなあ。この かばんに 何が 入って いるの。
好重喔！這個包包裡面到底裝些什麼東西啊？

□ 漫画が 面白い。
漫畫很有趣。

▶ この ゲームは 面白くて、朝まで やめられない。
這個遊戲非常好玩，一直玩到天亮還樂此不疲。

□ おねえちゃん、お休みなさい。
姊姊，晚安。

▶ お休みなさい。また 明日ね。
晚安，明天見囉。

□ 海で 泳ぐ。
在海中游泳。

▶ 1週間に 2回、プールで 泳ぎます。
每星期兩次在泳池游泳。

□ 階段を 降りる。
下樓梯。

▶ トイレは 階段を 降りて 右に あります。
廁所在下樓梯後的右手邊。

Check 1 必考單字	高低重音	詞性、類義詞與對義詞
136 □□□ お 終わる ▸	おわる ▸	自五 完畢，結束，終了 類 止まる 停止 對 始まる 開始
137 □□□ おんがく 音楽 ▸	おんがく ▸	名 音樂 類 ミュージック／music 音樂
138 □□□ かい 回 ▸	かい ▸	名·接尾 …回，次數 類 ～度 …次
139 □□□ かい 階 ▸	かい ▸	接尾 （樓房的）…樓，層 類 階段 樓梯
140 □□□ がいこく 外国 ▸	がいこく ▸	名 外國，外洋 類 海外 海外 對 内国 國內
141 □□□ がいこくじん 外国人 ▸	がいこくじん ▸	名 外國人 類 留学生 留學生 對 日本人 日本人
142 □□□ かいしゃ 会社 ▸	かいしゃ ▸	名 公司；商社 類 企業 企業
143 □□□ ●T1／14 かいだん 階段 ▸	かいだん ▸	名 樓梯，階梯，台階 類 エスカレーター／escalator 自動電扶梯
144 □□□ か もの 買い物 ▸	かいもの ▸	名 購物；要買的東西 類 ショッピング／shopping 購物

□ 一日が 終わる。
一天過去。

▶ 午後の 授業は 3時に 終わります。
下午的課程將於三點結束。

□ 音楽を 習う。
學音樂。

▶ 休みの 日は、音楽を 聴きながら 本を 読みます。
我在假日會一邊聽音樂一邊看書。

□ 何回も 言う。
說了好幾次。

▶ この 映画は 3回 見ました。
這部電影已經足足看過三次了。

□ 2階まで 歩く。
走到二樓。

▶ 歯医者は この 建物の 4階に あります。
牙科診所位在這棟樓的四樓。

□ 外国に 出かける。
出國。

▶ これは 外国の お酒です。
這是外國釀造的酒。

□ 外国人が 友達。
外國朋友。

▶ この 学校には 外国人の 先生が たくさん います。
這所學校裡有許多外籍老師。

□ 会社に 行く。
去公司。

▶ 私の 会社は 大阪に あります。
我的公司位在大阪。

□ 階段を 上がる。
上樓梯。

▶ エレベーターが ありませんから、階段で 上がります。
沒有電梯，所以只能爬樓梯上去。

□ 買い物する。
買東西。

▶ 午後から 新宿へ 買い物に 行きます。
下午要去新宿買東西。

Check 1 必考單字	高低重音	詞性、類義詞與對義詞

145 □□□

か
買う ▸ か|う ▸
他五 買，購買
類 買い物 購物
對 売る 賣

146 □□□

かえ
返す ▸ か|えす ▸
他五 還，歸還，退還；退回，送回
類 戻す 歸還
對 借りる 借

147 □□□

かえ
帰る ▸ か|える ▸
自五 回到，回來，回家；歸去
類 戻る 回家
對 行く 去

148 □□□

かお
顔 ▸ か|お ▸
名 臉；臉色，表情
類 頭 頭

149 □□□

か
掛かる ▸ か|かる ▸
自五 懸掛，掛上；花費
類 掛ける 掛在

150 □□□

かぎ
鍵 ▸ か|ぎ ▸
名 鑰匙；關鍵
類 キー／key 鑰匙

151 □□□

か
書く ▸ か|く ▸
他五 寫，書寫；寫作（文章等）
類 作る 書寫；創作
對 読む 閱讀

152 □□□

か
描く ▸ か|く ▸
他五 畫，繪製
類 引く 畫（線）

153 □□□

がくせい
学生 ▸ が|くせい ▸
名 學生
類 生徒 學生
對 先生 老師

□ 本を 買う。
買書。

▶ 駅で お弁当を 買いました。
在車站買了便當。

□ 傘を 返す。
還傘。

▶ この 本は 来週の 木曜日までに 返して
ください。
這本書請於下週四之前歸還。

□ 家に 帰る。
回家。

▶ この 仕事が 終わったら、帰って いいですよ。
這項工作完成之後就可以回去囉。

□ 顔が 赤い。
臉紅。

▶ 写真を 撮るから、みんな いい顔を してね。
我要拍照了，大家都要露出笑容喔。

□ 壁に かかる。
掛在牆上。

▶ その 椅子に かかって いる 上着は 誰の
ですか。
披在這張椅子上的外套是誰的？

□ 鍵を かける。
上鎖。

▶ 帰る ときは 窓を 閉めて、鍵を かけて
ください。
離開前請關窗鎖門。

□ 字を 書く。
寫字。

▶ 日本語で 作文を 書くのは 難しいです。
用日文寫作文好困難。

□ 絵を 描く。
畫畫。

▶ 駅 までの 地図を 描いて あげましょう。
我畫一張從這裡去車站的地圖給你吧。

□ 学生を 教える。
教學生。

▶ 学生の とき、大学の 近くに 住んで いま
した。
我還是個學生的時候住在大學附近。

Check 1 必考單字	高低重音	詞性、類義詞與對義詞
154 □□□ ●T1/15 かげつ ヶ月 ▶	かげつ ▶	接尾 …個月 類 〜週間 …星期
155 □□□ か 掛ける ▶	かける ▶	他下一 掛在（牆壁），戴上（眼鏡）；打（電話） 類 被る 戴（帽子等）
156 □□□ か 貸す ▶	かす ▶	他五（錢、東西等）借出，借給，出租；幫助別人，出… 類 あげる 給予 對 借りる 借
157 □□□ かぜ 風 ▶	かぜ ▶	名 風 類 台風 颱風
158 □□□ かぜ 風邪 ▶	かぜ ▶	名 感冒，傷風 類 病気 生病
159 □□□ かぞく 家族 ▶	かぞく ▶	名 家人，家庭，親屬 類 両親 雙親
160 □□□ かた 方 ▶	かた ▶	名 位，人 類 人 人
161 □□□ がた 方 ▶	がた ▶	接尾 …們，各位 類 〜達 …們
162 □□□ かたかな 片仮名 ▶	かたかな ▶	名 片假名 類 仮名 假名 對 平仮名 平假名

□ 三ヶ月
三個月

あと 三ヶ月で お母さんに なります。
再過三個月就要當媽媽了。

□ 眼鏡を かける。
戴眼鏡。

佐藤さんに 電話を かけましたが、出ません。
打了電話給佐藤小姐，但她沒接。

□ お金を 貸す。
借錢給別人。

すみません、ペンを 貸して ください。
不好意思，請借我一支筆。

□ 風が 吹く。
風吹。

今日は いい 天気ですが、風が 強いですね。
今天雖然晴朗，但是風好大喔。

□ 風邪を 引く。
得感冒。

「風邪を 引いたので 休みます。」「どうぞ お大事に。」
「感冒了要請假。」「請多保重。」

□ 家族が 多い。
家人眾多。

毎年、家族で 海外旅行に 行きます。
每年全家人都出國旅行。

□ この 方。
這一位。

「あの 方は どなたですか。」「木村先生です。」
「那一位是誰呢？」「木村律師。」

□ 先生方
老師們

「あなた方は ご兄弟ですか。」「いいえ、友人 です。」
「你們是兄弟嗎？」「不，是朋友。」

□ 片仮名で 書く。
用片假名寫。

名前と 住所は 片仮名で 書きます。
請用片假名寫下姓名和地址。

53

Check 1　必考單字	高低重音	詞性、類義詞與對義詞

163 □□□

<ruby>月<rt>がつ</rt></ruby>　▸　がつ　▸

接尾 …月
類 〜<ruby>日<rt>にち</rt></ruby>　…日

164 □□□

<ruby>学校<rt>がっこう</rt></ruby>　▸　がっこう　▸

名 學校；上課
類 <ruby>大学<rt>だいがく</rt></ruby>　大學

165 □□□　● T1／16

カップ【cup】　▸　カップ　▸

名 杯子；（有把）茶杯；量杯
類 コップ／（荷）Kop　杯子

166 □□□

<ruby>角<rt>かど</rt></ruby>　▸　かど　▸

名 角；（道路的）拐角，角落
類 <ruby>隅<rt>すみ</rt></ruby>　角落

167 □□□

<ruby>鞄<rt>かばん</rt></ruby>　▸　かばん　▸

名 皮包，提包，書包
類 バッグ／bag　提包

168 □□□

<ruby>花瓶<rt>かびん</rt></ruby>　▸　かびん　▸

名 花瓶
類 <ruby>入<rt>い</rt></ruby>れ<ruby>物<rt>もの</rt></ruby>　容器

169 □□□

<ruby>被<rt>かぶ</rt></ruby>る　▸　かぶる　▸

他五 戴（帽子等）；（從頭上）蒙；
（從頭上）套，穿
類 <ruby>履<rt>は</rt></ruby>く　穿
對 <ruby>脱<rt>ぬ</rt></ruby>ぐ　脫掉

170 □□□

<ruby>紙<rt>かみ</rt></ruby>　▸　かみ　▸

名 紙
類 ノート／notebook　筆記本

171 □□□

カメラ
【camera】　▸　カメラ　▸

名 照相機；攝影機
類 フィルム／film　底片

Check 2 必考詞組	**Check 3** 必考例句
□ 9月 九月	私は 5月に 生まれました。 我是五月份出生的。
□ 学校に 行く。 去學校。	学校は 好きですが、勉強は あまり 好き じゃ ありません。 我喜歡去學校，但是不太喜歡讀書。
□ コーヒーカップ 咖啡杯	弟の 誕生日に コーヒーカップを あげました。 弟弟的生日我送了咖啡杯。
□ 角を 曲がる。 在轉角處轉彎。	郵便局は、次の 角を 右に 曲がると あり ます。 郵局在下一個路口右轉。
□ かばんを 閉める。 關上皮包。	旅行に 行くので、大きい かばんが 欲しい です。 我要去旅行，所以想要一個大包包。
□ ガラスの 花瓶。 玻璃的花瓶。	花と 花瓶の 絵を 描きました。 畫了花和花瓶的圖。
□ 布団を 被る。 蓋被子。	男は 黒い 服を 着て、黒い 帽子を 被って いました。 男人身穿黑衣，戴了一頂黑帽。
□ 紙に 書く。 寫在紙上。	この 紙に 好きな 絵を 描いて ください。 請在這張紙上畫你喜歡的圖。
□ カメラを 買う。 買相機。	皆さん、カメラを 見て 笑って ください。 各位，請看相機這邊笑一個。

55

Check 1　必考單字	高低重音	詞性、類義詞與對義詞

172 □□□

火曜日 (かようび) ▸ かようび ▸ 名 星期二
類 火曜 (かよう)　週二

173 □□□

辛い (から) ▸ からい ▸ 形 辣，辛辣；鹹的；嚴格
類 しょっぱい　鹹的
對 甘い (あま)　甜

174 □□□

体 (からだ) ▸ からだ ▸ 名 身體；體格，身材
類 頭 (あたま)　頭
對 心 (こころ)　心靈

175 □□□

借りる (か) ▸ かりる ▸ 他上一 （錢、東西等）借進，租用；借助
類 もらう　領取
對 貸す (か)　借出

176 □□□

がる ▸ がる ▸ 接尾 想，覺得…
類 ～たい　想要…

177 □□□　🔊T1／17

軽い (かる) ▸ かるい ▸ 形 輕的，輕便的；（程度）輕微的；輕鬆的
類 小さい (ちい)　小的
對 重い (おも)　沈重

178 □□□

カレンダー
【calendar】 ▸ カレンダー ▸ 名 日曆；日程表
類 曜日 (ようび)　星期

179 □□□

川／河 (かわ／かわ) ▸ かわ ▸ 名 河川，河流
類 海 (うみ)　海洋

180 □□□

側 (がわ) ▸ がわ ▸ 名・接尾 …邊，…側；…方面，立場；周圍，外殼
類 辺 (へん)　一帶

Check 2 必考詞組	**Check 3** 必考例句
□ 火曜日に 帰る。 星期二回去。	▶ 毎週 火曜日に 漢字の テストが あります。 每週二都會舉行漢字考試。
□ 辛い 料理。 辣的菜餚。	もっと 辛い 料理が 食べたいです。 我想吃更辣一點的菜。
□ 体が 弱い。 身體虛弱。	朝ご飯を 食べないと、体に 悪いですよ。 不吃早餐的話，對身體不好喔！
□ 本を 借りる。 借書。	この 部屋は 1ヶ月 6万円で 借りています。 這間屋子每個月要付六萬圓租金。
□ 寒がる 覺得冷	▶ 母は、新しい レストランが できると すぐ に 行きたがります。 媽媽只要聽到新餐廳開幕就想立刻去嚐鮮。
□ 体重が 軽い。 體重輕。	▶ 山に 行くなら、荷物は 軽い ほうが いい ですよ。 如果要爬山，行囊越輕越好喔！
□ 今年の カレンダー。 今年的日曆。	▶ 家族の 写真で カレンダーを 作りました。 我用全家福相片做了月曆。
□ 川を 渡る。 過河。	夏は 川で 魚を とったり 泳いだり して 遊びます。 每到夏天總會去河裡抓魚和游泳戲水。
□ 左側 左邊	▶ 日本では、車は 左側を 走ります。 在日本，車輛靠左行駛。

Check 1 必考單字	高低重音	詞性、類義詞與對義詞
181 □□□ かわい 可愛い	▶ かわいい	形 可愛，討人喜愛，小巧玲瓏；心愛，心疼 類 綺麗 漂亮 對 憎い 可惡
182 □□□ かんじ 漢字	▶ かんじ ▶	名 漢字 類 ローマ字 羅馬字
183 □□□ き 木	▶ き ▶	名 樹，樹木；木材 類 葉 樹葉 對 草 草
184 □□□ きいろ 黄色い	▶ きいろい ▶	形 黃色，黃色的 類 色 顏色
185 □□□ き 消える	▶ きえる ▶	自下一（燈，火等）熄滅，消失，失去，（雪等）融化 類 無くなる 不見
186 □□□ き 聞く	▶ きく ▶	他五 聽，聽到；聽從，答應；詢問 類 聞こえる 聽見 對 話す 說
187 □□□ T1 18 きた 北	▶ きた ▶	名 北，北方，北邊 類 北方 北方 對 南 南方
188 □□□ ギター 【guitar】	▶ ギター ▶	名 吉他 類 ピアノ／piano 鋼琴
189 □□□ きたな 汚い	▶ きたない ▶	形 骯髒；（看上去）雜亂無章，亂七八糟 類 汚れる 弄髒 對 綺麗 漂亮

□ 人形_{にんぎょう}が　可愛_{かわい}い。
娃娃很可愛。

▶ 「可愛_{かわい}いですね、何歳_{なんさい}ですか。」「まだ　１歳_{いっさい}です。」
「好可愛喔！幾歲了呢？」「才一歲而已。」

□ 漢字_{かんじ}を　学_{まな}ぶ。
學漢字。

▶ 漢字_{かんじ}の　読_よみ方_{かた}を　平仮名_{ひらがな}で　書_かきます。
用平假名寫下漢字的讀音。

□ 木_きを　植_うえる。
種樹。

▶ 庭_{にわ}の　木_きに　白_{しろ}い　花_{はな}が　咲_さきました。
庭院裡的樹木開了白花。

□ 黄色_{きいろ}く　なる。
轉黃。

▶ 黄色_{きいろ}い　ズボンの　男_{おとこ}の子_こが　私_{わたし}の　弟_{おとうと}です。
穿著黃褲子的男孩是我弟弟。

□ 火_ひが　消_きえる。
火熄滅。

▶ パソコンの　中_{なか}の　写真_{しゃしん}が　消_きえて　しまいました。
電腦裡的照片消失了。

□ 話_{はなし}を　聞_きく。
聽對方講話。

▶ この　名前_{なまえ}は　どこかで　聞_きいた　ことが　あります。
這個名字我好像在哪裡聽過。

□ 北_{きた}に　走_{はし}る。
朝北。

▶ 札幌_{さっぽろ}は　東京_{とうきょう}から　800キロメートル　北_{きた}に　あります。
札幌位於東京北方八百公里處。

□ ギターを　弾_ひく。
彈吉他。

▶ ギターを　弾_ひきながら　歌_{うた}を　歌_{うた}います。
一面彈吉他一面唱歌。

□ 手_てが　汚_{きたな}い。
手很髒。

▶ あなたの　手紙_{てがみ}は　字_じが　汚_{きたな}くて　読_よめません。
你信裡的字跡潦草，我看不懂。

Check 1 必考單字	高低重音	詞性、類義詞與對義詞

190 □□□
喫茶店
きっ さ てん

▶ きっさてん ▶

图 咖啡店
類 店　商店
みせ

---

191 □□□
切手
きっ て

▶ きって ▶

图 郵票
類 手紙　書信
て がみ

---

192 □□□
切符
きっ ぷ

▶ きっぷ ▶

图 票，車票
類 チケット／ticket　票

---

193 □□□
昨日
き のう

▶ きのう ▶

图 昨天；近來，最近；過去
類 昨日　昨天
さくじつ
對 明日　明天
あ した

---

194 □□□
九／九
きゅう　く

▶ きゅう／く ▶

图（數）九；九個
類 九つ　九個
ここの

---

195 □□□
牛肉
ぎゅうにく

▶ ぎゅうにく ▶

图 牛肉
類 ビーフ／beef　牛肉

---

196 □□□
牛乳
ぎゅうにゅう

▶ ぎゅうにゅう ▶

图 牛奶
類 ミルク／milk　牛奶

---

197 □□□
今日
きょう

▶ きょう ▶

图 今天
類 今　現在
いま

---

198 □□□ ● T1／19
教室
きょうしつ

▶ きょうしつ ▶

图 教室，研究室
類 クラス／class　班級

□ 喫茶店を　開く。
開咖啡店。

▶ 休みの　日は　喫茶店で　コーヒーを　飲みます。
假日會到咖啡廳喝咖啡。

□ 切手を　貼る。
貼郵票。

▶ この　封筒には、いくらの　切手を　貼れば
いいですか。
這個信封該貼多少錢的郵票呢？

□ 切符を　切る。
剪票。

▶ 駅で　切符を　買って、電車に　乗ります。
在車站買車票搭電車。

□ 昨日は　雨だ。
昨天下雨。

▶ 昨日、新宿で　陳さんに　会いました。
昨天在新宿和陳先生見面了。

□ 9から　3を　引く。
九減去三。

▶ 学校は　朝　9時に　始まります。
學校從早上九點開始上課。

□ 牛肉を　柔らかく
する。
把牛肉變軟。

▶ 牛肉は　おいしいですが　高いです。
牛肉雖然美味，但很昂貴。

□ 牛乳を　取る。
拿牛奶。

▶ 毎朝、コップ　1杯の　牛乳を　飲みます。
每天早上都喝一杯牛奶。

□ 今日は　晴れる。
今天天晴。

▶ 今日は　昨日より　暖かいです。
今天比昨天來得暖和。

□ 教室で　勉強する。
在教室上課。

▶ 昼ご飯は、教室で　友達と　お弁当を　食べます。
午餐和朋友在教室裡吃便當。

Check 1 必考單字	高低重音	詞性、類義詞與對義詞

199 ☐☐☐

きょうだい
兄弟 ▸ きょうだい ▸
- 名 兄弟，兄弟姊妹
- 類 兄妹（けいまい） 兄妹
- 對 姉妹（しまい） 姊妹

200 ☐☐☐

きょねん
去年 ▸ きょねん ▸
- 名 去年
- 類 昨年（さくねん） 去年
- 對 来年（らいねん） 明年

201 ☐☐☐

きら
嫌い ▸ きらい ▸
- 形動 嫌惡，厭惡，不喜歡
- 類 嫌（いや） 不喜歡
- 對 好（す）き 喜歡

202 ☐☐☐

き
切る ▸ きる ▸
- 他五 切，剪，裁剪，切傷
- 類 磨（みが）く 研磨

203 ☐☐☐

き
着る ▸ きる ▸
- 他上一 （穿）衣服
- 類 着（つ）ける 穿上
- 對 脱（ぬ）ぐ 脱

204 ☐☐☐

き れい
綺麗 ▸ きれい ▸
- 形動 漂亮，好看；整潔，乾淨
- 類 可愛（かわい）い 可愛
- 對 汚（きたな）い 骯髒

205 ☐☐☐

キロ（グラム） ▸ キロ／キログラム ▸
【(法) kilogramme之略】
- 名 千克，公斤
- 類 メートル／ mètre 公尺

206 ☐☐☐

キロ（メートル） ▸ キロ／キロメートル ▸
【(法) kilo mètre之略】
- 名 一千公尺，一公里
- 類 グラム／ gramme 公克

207 ☐☐☐

ぎんこう
銀行 ▸ ぎんこう ▸
- 名 銀行
- 類 郵便局（ゆうびんきょく） 郵局

Check 2　必考詞組	Check 3　必考例句
□ 兄弟_{きょうだい}げんか。 兄弟間吵架。	▶「兄弟_{きょうだい}は　いますか。」「はい、兄_{あに}と　妹_{いもうと}が　います。」 「你有兄弟姊妹嗎？」「有，我有哥哥和妹妹。」
□ 去年_{きょねん}の　今日_{きょう}。 去年的今天。	▶ この　建物_{たてもの}は　去年_{きょねん}　できました。 這棟建築物是去年落成的。
□ 勉強_{べんきょう}が　嫌_{きら}い。 討厭唸書。	▶「嫌_{きら}いな　食_たべ物_{もの}は　ありますか。」「いいえ、何_{なん}でも　好_すきです。」 「你有沒有討厭的食物？」「沒有，我什麼都喜歡。」
□ 髪_{かみ}を　切_きる。 剪頭髮。	▶ 丸_{まる}い　ケーキを　八_{やっ}つに　切_きります。 把圓形的蛋糕切成八塊。
□ 上着_{うわぎ}を　着_きる。 穿外套。	▶ 理恵_{りえ}さんは　いつも　きれいな　服_{ふく}を　着_きていますね。 理恵小姐總是穿著漂亮的衣服呢。
□ きれいな　花_{はな}。 漂亮的花朵。	▶「この　お皿_{さら}は　きれいですか。」「はい、洗_{あら}って　ありますよ。」 「這張盤子是乾淨的嗎？」「是的，已經洗過囉！」
□ 10キロを　超_こえる。 超過十公斤。	▶ 荷物_{にもつ}は　10キロ　以下_{いか}に　して　ください。 行李的重量請控制在十公斤以內。
□ 10キロを　歩_{ある}く。 走十公里。	▶ 今日_{きょう}は　山道_{やまみち}を　20キロも　歩_{ある}きました。 今天足足走了二十公里山路。
□ 銀行_{ぎんこう}で　働_{はたら}く。 在銀行工作。	▶ 銀行_{ぎんこう}は　午後_{ごご}　3時_{さんじ}に　閉_しまります。 銀行於下午三點停止營業。

Check 1 / 必考單字	高低重音	詞性、類義詞與對義詞

208 □□□
きんようび
金曜日 ▶ きんようび ▶

名 星期五
類 金曜 週五

209 □□□ T1 20
くすり
薬 ▶ くすり ▶

名 藥，藥品
類 薬品 藥物

210 □□□
くだ
下さい ▶ ください ▶

補助 請給（我）；請…
類 もらう 得到

211 □□□
くだもの
果物 ▶ くだもの ▶

名 水果
類 フルーツ／fruit 水果

212 □□□
くち
口 ▶ くち ▶

名 口，嘴巴
類 入り口 入口

213 □□□
くつ
靴 ▶ くつ ▶

名 鞋子
類 靴下 襪子

214 □□□
くつした
靴下 ▶ くつした ▶

名 襪子
類 たび 日式襪子

215 □□□
くに
国 ▶ くに ▶

名 國家；故鄉
類 外国 外國

216 □□□
くも
曇る ▶ くもる ▶

自五 變陰
類 曇り 陰天
對 晴れる 天晴

□ 金曜日から　始まる。
きんようび　　　　はじ
星期五開始。

金曜日の　夜、一緒に　ご飯を　食べませんか。
きんようび　よる　いっしょ　　はん　　た
星期五晚上要不要一起吃頓飯呢？

□ 薬を　飲む。
くすり　　の
吃藥。

この　薬は　朝と　晩、ご飯の　後に　飲んで
くすり　あさ　ばん　　はん　あと　の
ください。
這種藥請於早晚飯後服用。

□ 手紙を　ください。
てがみ
請寫信給我。

ドアを　閉めて、こちらに　座って　ください。
し　　　　　　　　すわ
請關上門，坐在這裡。

□ 果物を　取る。
くだもの　と
摘水果。

病気の　友達に　果物を　買って　あげました。
びょうき　ともだち　くだもの　か
買了水果送給生病的朋友。

□ 口に　合う。
くち　あ
合胃口。

口の　横に　卵が　付いて　いますよ。
くち　よこ　たまご　つ
嘴角沾上蛋囉！

□ 靴を　履く。
くつ　は
穿鞋子。

この　靴は、たくさん　歩いても　あまり　疲
くつ　　　　　ある　　　　　　つか
れません。
只要穿上這雙鞋子，就算走得再久也不累。

□ 靴下を　洗う。
くつした　あら
洗襪子。

あなた、右と　左の　靴下が　違いますよ。
みぎ　ひだり　くつした　ちが
你把襪子的左右腳穿反囉！

□ 国へ　帰る。
くに　かえ
回國。

これは　どこの　国の　料理ですか。
くに　りょうり
這是哪一國的料理呢？

□ 空が　曇る。
そら　くも
天色變陰。

西の　方から　だんだん　曇って　きました。
にし　ほう　　　　　　くも
天空從西邊漸漸變陰了。

65

Check 1 必考單字	高低重音	詞性、類義詞與對義詞
217 □□□ 暗い _{くら}	く￢らい	形（光線）黑暗；（顏色）發暗；陰沈 類 黒い _{くろ} 黑暗 對 明るい _{あか} 亮
218 □□□ 位／位 _{くらい ぐらい}	く￢らい／ぐ￢らい	副助（數量或程度上的推測）大概，左右，上下 類 ころ、ごろ 左右
219 □□□ クラス 【class】	ク￢ラス	名（學校的）班級；階級 類 組 _{くみ} 班
220 □□□ ●T1／21 グラス 【glass】	グ￢ラス	名 玻璃杯；玻璃 類 コップ／kop 玻璃杯
221 □□□ グラム 【(法)gramme】	グ￢ラム	名 公克 類 センチ／centi 公分
222 □□□ 来る _く	く￢る	自力（空間，時間上的）來，來到；到，到來 類 着く _つ 到達 對 行く _い 去
223 □□□ 車 _{くるま}	く￢るま	名 車子，汽車 類 バス／bus 公車
224 □□□ 黒い _{くろ}	く￢ろい	形 黑色的；骯髒；邪惡 類 暗い _{くら} 黑暗 對 白い _{しろ} 白色
225 □□□ 警官 _{けいかん}	け￢いかん	名 警官，警察 類 お巡りさん _{まわ} 警察

Check 2 必考詞組	Check 3 必考例句
□ 部屋が 暗い。 房間很暗。	▶ ちょっと 暗いですね。電気を 点けましょう。 屋子裡有點暗耶，我們開燈吧。
□ 1時間 くらい。 一個小時左右。	▶ すみません。10分くらい 遅く なります。 不好意思，我會遲到十分鐘左右。
□ 英語の クラス。 英文課。	▶ 隣の クラスの 女の子と 友達に なりました。 我和隔壁班的女孩成為朋友了。
□ サングラス 太陽眼鏡	▶ グラスに 冷たい 水を 入れて 飲みました。 把冷水倒進玻璃杯裡喝了。
□ 100 グラム 一百公克	▶ バターを 100 グラム、砂糖を 200 グラム 入れます。 放入奶油一百公克、砂糖兩百公克。
□ 電車が 来る。 電車抵達。	▶ 「また 来ます。」「来る とき、電話 して ください。」 「我下次再來。」「來這裡前先打個電話。」
□ 車を 運転する。 開汽車。	▶ その 公園まで、家から 車で 1時間 くらいです。 從家裡開車到那座公園大約一個小時。
□ 黒い 色の スカート。 黑色的裙子。	▶ 「その 黒い ものは 何ですか。」「醤油です。」 「那瓶黑色的是什麼東西？」「醬油。」
□ 警官を 呼ぶ。 叫警察。	警官が 泥棒を 捕まえた。 警察逮捕了小偷。

Check 1　必考單字	高低重音	詞性、類義詞與對義詞
226 □□□ けさ **今朝** ▸	けさ ▸	名 今天早上 類 朝　早上 對 今夜　今晚
227 □□□ け **消す** ▸	けす ▸	他五 熄掉，撲滅；關掉，弄滅 類 消える　熄滅（火等） 對 点ける　打開
228 □□□ けっこう **結構** ▸	けっこう ▸	副·形動 很好，出色；可以；（表示否定）不用，不要；相當 類 立派　出色
229 □□□ けっこん **結婚** ▸	けっこん ▸	名·自サ 結婚 類 結婚式　結婚典禮 對 離婚する　離婚
230 □□□ げつようび **月曜日** ▸	げつようび ▸	名 星期一 類 月曜　週一
231 □□□ ●T1 22 げんかん **玄関** ▸	げんかん ▸	名（建築物的）正門，前門，玄關 類 入り口　入口
232 □□□ げんき **元気** ▸	げんき ▸	名·形動 精神，朝氣，健康 類 健康　健康 對 病気　生病
233 □□□ こ **個** ▸	こ ▸	名·接尾 …個 類 〜回　…回
234 □□□ ご **五** ▸	ご ▸	名（數）五 類 五つ　五個

Check 2　必考詞組	Check 3　必考例句

□ 今朝　届く。
今天早上送達。

▶ 今朝の　地震の　ニュースを　見ましたか。
你看了今天早上的地震快報嗎？

□ 電気を　消す。
關電燈。

▶ テレビを　消して、本を　読みます。
關掉電視看書。

□ 結構な　プレゼント。
很棒的禮物。

▶ 「コーヒーと　一緒に　お菓子は　いかがですか。」「結構です。」
「要不要喝咖啡配點心呢？」「不用了。」

□ あなたと　結婚する。
跟你結婚。

▶ 「私と　結婚して　ください。」「ごめんなさい。」
「請和我結婚！」「請恕婉拒。」

□ 月曜日の　朝。
星期一的早晨。

▶ 月曜日の　朝は　会社に　行きたくないです。
星期一早上真不想上班。

□ 玄関で　靴を　脱ぐ。
在玄關拖鞋。

▶ その　猫は、玄関から　入って　きました。
那隻貓是從玄關進來的。

□ 元気が　いい。
有精神。

▶ 「そのご　いかがですか。」「おかげ様で　元気に　なりました。」
「別來無恙？」「託您的福，一切安好。」

□ 6個　ください。
給我六個。

▶ 石鹸を　3個と　ジュースを　6本　買って　きて　ください。
你去買三塊肥皂和六罐果汁。

□ 五人
五人

▶ 指が　5本　ある　靴下を　買いました。
買了五指襪。

Check 1 必考單字	高低重音	詞性、類義詞與對義詞
235 □□□ 語 <small>ご</small>	ご	名・接尾 …語；語言 類 単語<small>たんご</small> 單字
236 □□□ 公園 <small>こうえん</small>	こうえん	名 公園 類 パーク／park 公園
237 □□□ 交差点 <small>こうさてん</small>	こうさてん	名 交差路口 類 道<small>みち</small> 道路
238 □□□ 声 <small>こえ</small>	こえ	名 人或動物的聲音，語音 類 音<small>おと</small> （物體的）聲音
239 □□□ コート 【coat】	コート	名 外套，大衣 類 オーバー／over 外套
240 □□□ コーヒー 【(荷)koffie】	コーヒー	名 咖啡 類 ココア／cocoa 可可亞
241 □□□ ここ	ここ	代 這裡；（表時間）最近，目前 類 こちら 這裡
242 □□□ T1 23 午後 <small>ごご</small>	ごご	名 下午，午後，後半天 類 昼過ぎ<small>ひるすぎ</small> 下午 對 午前<small>ごぜん</small> 上午
243 □□□ 九日 <small>ここのか</small>	ここのか	名 （每月）九號；九天 類 9日間<small>きゅうにちかん</small> 九天

□ 日本語
日語

大学で 日本語と 日本の 歴史を 勉強して
います。
在大學讀了日文和日本歷史。

□ 公園で 遊ぶ。
在公園玩。

奈良の 公園には 鹿が います。
奈良的公園裡有鹿。

□ 交差点を 渡る。
過十字路口。

次の 交差点を 右に 曲がって ください。
請在下一個十字路口右轉。

□ 声を 出す。
發出聲音。

もう 少し 大きな 声で 話して ください。
講話請稍微大聲一點。

□ コートが 欲しい。
想要有件大衣。

春に 着る 薄い コートが 欲しいです。
我想要一件適合春天穿的薄外套。

□ コーヒーを 飲む。
喝咖啡。

疲れた ときは コーヒーに 砂糖を たくさ
ん 入れます。
疲倦的時候會在咖啡裡加很多糖。

□ ここに 置く。
放這裡。

使った コップは ここに 置いて ください。
用過的杯子請擺在這邊。

□ 午後に 着く。
下午到達。

今日は 午後から 晴れるでしょう。
今天午後應該會放晴吧。

□ 来月の 九日。
下個月的九號。

今年の 夏休みは 九日間 あります。
今年夏天的連假有九天。

71

Check 1 必考單字	高低重音	詞性、類義詞與對義詞

244 □□□
ここの
九つ ▸ こ↓このつ ▸
名（數）九；九個，九歲
きゅうこ
類 9個　九個

245 □□□
しゅじん
ご主人 ▸ ご↓しゅじん ▸
名 您的先生，您的丈夫
おっと
類 夫　丈夫
おく
對 奥さん　您的太太

246 □□□
ごぜん
午前 ▸ ご↓ぜん ▸
名 上午，午前
ひるまえ
類 昼前　上午
ごご
對 午後　下午

247 □□□
こた
答える ▸ こ↓たえる ▸
自下一 回答，答覆；解答
へんじ
類 返事　回答
き
對 聞く　詢問

248 □□□
ごちそうさま
御馳走様でした ▸ ご↓ちそうさまでした ▸
寒暄 多謝您的款待，我已經吃飽了
いただ
對 頂きます　開動

249 □□□
こちら ▸ こ↓ちら ▸
代 這邊，這裡，這方面；這位；我，
我們（口語為「こっち」）
類 ここ　這裡

250 □□□
こちらこそ ▸ こ↓ちらこそ ▸
寒暄 哪兒的話，不敢當
類 よろしく　請關照

251 □□□
コップ
【（荷）kop】 ▸ コ↓ップ ▸
名 杯子，玻璃杯
類 カップ／cup　杯子

252 □□□ ●T1/24
こ とし
今年 ▸ こ↓とし ▸
名 今年
ほんねん
類 本年　本年

Check 2　必考詞組	Check 3　必考例句

□ 九つに　なる。
九歳了。
▶ 子供は　今年　九つに　なりました。
我家孩子今年九歳了。

□ 隣の　ご主人。
隔壁的先生。
▶ うちの　主人と　お隣の　ご主人は　同じ　年です。
我先生和鄰居家的先生年紀相同。

□ 午前中
上午期間
▶ この　門は　午前　10時に　開きます。
這扇門將於上午十點開啟。

□ 大きな　声で　答えます。
大聲回答。
▶ 先生は　どんな　質問にも　答えて　くれます。
不論老師問任何題目都答得出來。

□ どうも　ごちそうさまでした。
承您款待了。
▶ おいしかったです。ごちそう様でした。
太好吃了！謝謝您的招待！

□ どうぞ　こちらへ。
請往這邊走。
▶ どうぞ、こちらの　お席で　お待ち　ください。
請在這邊的座位稍待一下。

□ こちらこそ　よろしく。
也請您多指教。
▶ 「お世話に　なりました。」「いいえ、こちらこそ。」
「承蒙您關照了！」「別客氣，我才該感謝您的照顧。」

□ コップで　飲む。
用杯子喝。
▶ 朝　起きたら、コップ　1杯の　水を　飲みます。
早晨起床後會喝一杯水。

□ 今年は　結婚する。
今年要結婚。
▶ 今年も　あと　少しですね。来年も　よろしくお願いします。
今年尾聲將近，明年也請繼續關照！

Check 1　必考單字	高低重音	詞性、類義詞與對義詞

253 ☐☐☐

言葉
（こと ば）
▸ ことば ▸

名 語言，詞語
類 〜語　…語

254 ☐☐☐

子供
（こ ども）
▸ こども ▸

名 子女；小孩
類 息子（むすこ）兒子；娘（むすめ）女兒
對 大人（おとな）大人

255 ☐☐☐

この
▸ この ▸

連體 這…，這個…
對 あの　那個…

256 ☐☐☐

ご飯
（はん）
▸ ごはん ▸

名 米飯；飯食，吃飯
類 ライス／ rice　米

257 ☐☐☐

コピー
【copy】
▸ コピー ▸

名・他サ 拷貝，複製，副本
類 書く（か）書寫

258 ☐☐☐

困る
（こま）
▸ こまる ▸

自五 沒有辦法，感到傷腦筋，困擾；
困難，窮困
類 難しい（むずか）難辦

259 ☐☐☐

御免ください
（ごめん）
▸ ごめんください ▸

寒暄 有人在嗎
類 もしもし　喂（叫住對方）
對 お邪魔しました（じゃま）打擾了

260 ☐☐☐

御免なさい
（ご めん）
▸ ごめんなさい ▸

寒暄 對不起
類 すみません　對不起

261 ☐☐☐

これ
▸ これ ▸

代 這個，此；這人；現在，此時
類 こちら　這個

Check 2	必考詞組	Check 3	必考例句

□ 言葉の　意味。
詞語的含意。

▶ 新しい　言葉を　ノートに　書いて　覚えます。
把生詞寫在筆記本上背誦。

□ 子供が　生まれる。
生孩子。

▶ 子供の　頃の　写真を　見せて　ください。
請讓我看小時候的照片。

□ この　頃。
最近。

▶ あの　子は　この　学校の　生徒です。
那個小孩是這所學校的學生。

□ ご飯を　つくる。
做飯。

▶ 今度の　土曜日、ご飯を　食べに　行きませんか。
這個星期六，要不要去吃頓飯呢？

□ コピーを　する。
影印。

▶ この本の　12ページから　15ページまでを
コピー　します。
我要影印這本書的第12到15頁。

□ 返事に　困る。
難以回覆。

▶ 電車が　止まって　しまって、困りました。
電車停駛，這下麻煩了。

□ では、ごめんください。
那我就打擾了。

▶ ごめんください。どなたか　いらっしゃいませんか。
打擾一下，請問有人在嗎？

□ 本当に　ごめんなさい。
真的很對不起。

▶ ごめんなさい。もう　悪い　ことは　しません。
對不起，我以後不敢了。

□ これからの　日本。
今後的日本。

▶ 「これは　誰の　傘ですか。」「あ、私のです。」
「這是誰的傘？」「啊，是我的！」

Check 1 必考單字	高低重音	詞性、類義詞與對義詞

262 □□□
<ruby>頃<rt>ころ</rt></ruby>／<ruby>頃<rt>ごろ</rt></ruby> ▸ ころ／ごろ ▸ 名·接尾（表示時間）左右，時候，時期；正好的時候
類 ～時 …的時候

263 □□□ ◉ T1／25
<ruby>今月<rt>こんげつ</rt></ruby> ▸ こんげつ ▸ 名 這個月
對 <ruby>先月<rt>せんげつ</rt></ruby> 上個月

264 □□□
<ruby>今週<rt>こんしゅう</rt></ruby> ▸ こんしゅう ▸ 名 這個星期，本週
類 この<ruby>週<rt>しゅう</rt></ruby> 本週
對 <ruby>先週<rt>せんしゅう</rt></ruby> 上週

265 □□□
こんな ▸ こんな ▸ 連體 這樣的，這種的
對 あんな（那樣的）

266 □□□
<ruby>今日<rt>こんにち</rt></ruby>は ▸ こんにちは ▸ 寒暄 你好，日安
類 おはようございます 早安

267 □□□
<ruby>今晩<rt>こんばん</rt></ruby> ▸ こんばん ▸ 名 今天晚上，今夜
類 <ruby>今夜<rt>こんや</rt></ruby> 今晚

268 □□□
<ruby>今晩<rt>こんばん</rt></ruby>は ▸ こんばんは ▸ 寒暄 晚安，晚上好
類 <ruby>今晩<rt>こんばん</rt></ruby> 今天晚上

269 □□□
さあ ▸ さあ ▸ 感（表示勸誘，催促）來；表躊躇，遲疑的聲音
類 では 來

270 □□□
<ruby>歳<rt>さい</rt></ruby> ▸ さい ▸ 名·接尾 …歲
類 <ruby>年<rt>とし</rt></ruby> 年紀

□ 11月頃
十一月左右

明日の 昼頃に 駅で 会いましょう。
明天中午左右在車站碰面吧。

□ 今月は 8月です。
現在是八月。

今月は 休みが 少ないです。
這個月的放假日好少。

□ 今週も 忙しい。
這禮拜也忙。

宿題は 今週の 木曜日までに 出して くだ
さい。
回家作業請於本週四之前繳交。

□ こんな 時に。
在這種時候之下。

こんな 料理は 食べた ことが ありません。
我從沒吃過這樣的菜！

□ みなさん こんにちは。
大家好。

「こんにちは、おじゃまします。」「こんにちは、
いらっしゃい。」
「您好，打擾了！」「您好，請進！」

□ 今晩は 泊まる。
今天晚上住下。

今晩は 月が きれいですね。
今晚的月色真美呀！

□ こんばんは。お邪魔
します。
晚上好，打擾了。

「こんばんは。お出かけですか。」
「晚上好，您要出門嗎？」

□ さあ、行こう。
來，走吧。

時間に なりました。さあ、始めましょう。
時間到了。來，開始吧！

□ 25歳で 結婚する。
二十五歲結婚。

あなたの 国では 何歳から 大人ですか。
在你的國家，從幾歲開始算是成年人呢？

Check 1 必考單字	高低重音	詞性、類義詞與對義詞

271 □□□
さいふ
財布 ▸ さいふ ▸ 名 錢包
類 かばん　提包

272 □□□
さき
先 ▸ さき ▸ 名 先，早，前頭；頂端，尖端；前面
類 前　前面
對 後　之後

273 □□□
さ
咲く ▸ さく ▸ 自五 開（花）
類 開く　開

274 □□□ ●T1 26
さくぶん
作文 ▸ さくぶん ▸ 名 作文
類 文章　文章

275 □□□
さ
差す ▸ さす ▸ 他五 撐（傘等）；照射
類 上げる　舉高

276 □□□
さつ
冊 ▸ さつ ▸ 接尾 …本，…冊
類 〜本　…本

277 □□□
ざっし
雑誌 ▸ ざっし ▸ 名 雜誌，期刊
類 漫画　漫畫

278 □□□
さとう
砂糖 ▸ さとう ▸ 名 砂糖
對 塩　鹽巴

279 □□□
さむ
寒い ▸ さむい ▸ 形 （天氣）寒冷；冷
類 涼しい　涼爽
對 暑い　炎熱的

Check 2　必考詞組	Check 3　必考例句
□ 財布を 落とす。 弄丟錢包。	▶ ズボンの ポケットに 財布を 入れて 出かけます。 把錢包放進褲袋裡出門。
□ 先に 着く。 先到。	▶ 私は まだ 仕事が ありますから、先に 帰って ください。 我工作還沒做完，您請先回家。
□ 桜の 花が 咲く。 櫻花綻放。	▶ 学校の 桜が きれいに 咲きました。 校園裡的櫻花已經盛開。
□ 作文を 書く。 寫作文。	▶ 学校では、週に 2時間、作文の 授業が あります。 我們學校每星期上兩小時的作文課。
□ 傘を さす。 撐傘。	▶ 雨の 日も、夏の 暑い 日も、傘を さして 歩きます。 不管是下雨天也好、大熱天也好，我走路時總是撐著傘。
□ 5冊を 買う。 買五本。	▶ 図書館で 本を 5冊と CDを 2枚 借りました。 在圖書館裡借了五本書和兩張CD。
□ 雑誌を 読む。 閱讀雜誌。	▶ 毎月、車の 雑誌を 買って 読んで います。 每個月都會買汽車雜誌瀏覽。
□ 砂糖を つける。 沾砂糖。	▶ 「紅茶に 砂糖を 入れますか。」「いいえ、結構です。」 「你的紅茶要不要加糖？」「不，不用了。」
□ 冬は 寒い。 冬天寒冷。	▶ 今夜は ちょっと 寒いので、温かい 料理に しましょう。 今晚有點冷，我們來吃熱呼呼的料理吧！

Check 1 必考單字	高低重音	詞性、類義詞與對義詞

280 ☐☐☐

さよなら／
さようなら
▸
さよなら／
さようなら
▸
寒暄 再見，再會；告別
類 じゃあね　再見（口語）

281 ☐☐☐

さ らいねん
再来年
▸
さらいねん
▸
名 後年
類 明後年（みょうごねん）　後年
對 一昨年（おととし）　前年

282 ☐☐☐

さん
▸
さん
▸
接尾 …先生，…小姐
類 ～様（さま）　…先生，小姐

283 ☐☐☐

さん
三
▸
さん
▸
名（數）三；三個；第三；三次
類 三つ（みっ）　三個

284 ☐☐☐ 🔘 T1 27

さん ぽ
散歩
▸
さんぽ
▸
名・自サ 散步，隨便走走
類 歩く（ある）　走路

285 ☐☐☐

し　　よん
四／四
▸
し／よん
▸
名（數）四；四個；四次(後接「時
（じ）、時間（じかん）」時，則唸
「四」（よ）)
類 四つ（よっ）　四個

286 ☐☐☐

じ
時
▸
じ
▸
名 …時
類 ～時間（じかん）　…小時

287 ☐☐☐

しお
塩
▸
しお
▸
名 鹽，食鹽
類 砂糖（さとう）　砂糖

288 ☐☐☐

しか
然し
▸
しかし
▸
接續 然而，但是，可是
類 けれども　但是

□ それでは、さようなら。
那麼就此告別了。

▶ 「先生、さようなら。」「皆さん、さようなら。」
「老師再見！」「各位同學再見！」

□ 再来年まで 勉強します。
學習到後年。

▶ 今、大学 2年生です。再来年 卒業したら 国に 帰ります。
我現在就讀大學二年級，將於後年畢業後回國。

□ 山田さん
山田先生

▶ 「ちょっと、おばさん。」「おばさんじゃなくて、木村さんと 呼んで ください。」
「欸，這位大嬸！」「我才不是大嬸呢，請稱呼我木村小姐！」

□ 3から 数える。
從三開始數。

▶ 私は 3人兄弟の 一番 下です。
我是家裡三個兄弟姊妹中的老么。

□ 公園を 散歩する。
在公園散步。

▶ 毎朝、池の 周りを 散歩 します。
每天早上都沿著池畔散步。

□ 4を 押す。
按四。

▶ 家族で 四国へ 行きます。切符を 4人分、4枚 買いました。
我們全家人要去四國。因此買了四人份的票，也就是四張機票。

□ 6時
六點

▶ 仕事は 午前 9時から 午後 4時まで。昼休みは 1時間です。
工作時段從上午九點到下午四點，午休是一個小時。

□ 塩を かける。
灑鹽。

▶ すみません、ちょっと 塩を 取って ください。
不好意思，請把鹽罐遞過來。

□ しかし 野球が 苦手でした。
但是棒球我就不太擅長了。

▶ 財布を もらった。しかし 中に 入れる お金が 無い。
我收到了人家送的皮夾，可是裡面沒放錢。

Check 1 必考單字	高低重音	詞性、類義詞與對義詞

289 ☐☐☐
<ruby>時間<rt>じ かん</rt></ruby> ▸ じ|かん ▸
名 時間，功夫；時刻，鐘點
類 〜とき　…的時候

290 ☐☐☐
<ruby>時間<rt>じ かん</rt></ruby> ▸ じかん ▸
接尾 …小時，…點鐘
類 〜<ruby>時<rt>じ</rt></ruby>　…時

291 ☐☐☐
<ruby>仕事<rt>し ごと</rt></ruby> ▸ し|ごと ▸
名 工作；職業
類 <ruby>勤<rt>つと</rt></ruby>め　職務
對 <ruby>休<rt>やす</rt></ruby>む　休息

292 ☐☐☐
<ruby>辞書<rt>じ しょ</rt></ruby> ▸ じ|しょ ▸
名 字典，辭典
類 <ruby>辞典<rt>じ てん</rt></ruby>　辭典

293 ☐☐☐
<ruby>静<rt>しず</rt></ruby>か ▸ し|ずか ▸
形動 靜，安靜；平靜，沈穩；文靜
對 <ruby>賑<rt>にぎ</rt></ruby>やか　熱鬧

294 ☐☐☐
<ruby>下<rt>した</rt></ruby> ▸ し|た ▸
名（位置的）下，下面；低，小；裡面
類 <ruby>底<rt>そこ</rt></ruby>　底部
對 <ruby>上<rt>うえ</rt></ruby>　上方

295 ☐☐☐ 🔘T1/28
<ruby>七<rt>しち</rt></ruby>／<ruby>七<rt>なな</rt></ruby> ▸ し|ち／な|な ▸
名（數）七；七個
類 <ruby>七<rt>なな</rt></ruby>つ　七個

296 ☐☐☐
<ruby>質問<rt>しつ もん</rt></ruby> ▸ し|つもん ▸
名・自サ 提問，詢問
類 <ruby>問題<rt>もん だい</rt></ruby>　問題
對 <ruby>答<rt>こた</rt></ruby>える　回答

297 ☐☐☐
<ruby>失礼<rt>しつれい</rt></ruby>しました ▸ し|つれいしました ▸
寒暄 請原諒，失禮了
類 ごめんなさい　對不起

□ 時間に 遅れる。
遅到。

▶ 時間に なったら この ドアから 入って
ください。
時間到了之後，請從這扇門進入。

□ ２４時間
二十四小時

▶ ３時間前から ここで 並んで います。
從三個小時前就在這裡排隊了。

□ 仕事を 休む。
工作請假。

▶ 「お仕事は 何ですか。」「銀行員です。」
「您在哪裡高就？」「我是銀行員。」

□ 辞書を 調べる。
查字典。

▶ 辞書を 使って、日本語の 手紙を 書きます。
一面翻查辭典一面寫日文信。

□ 静かに なる。
變安靜。

▶ この アパートは、少し 古いですが 静かです。
這棟公寓雖然舊了點，但是很安靜。

□ 下へ 落ちる。
往下掉。

▶ 荷物は テーブルの 下に 置いて ください。
請把隨身物品放在桌下。

□ 七五三
七五三（日本習俗，祈求
兒童能健康成長）

▶ 私は 毎日 ７時間くらい 寝ます。
我每天睡七個小時左右。

□ 質問に 答える。
回答問題。

▶ 質問が ある 人は 手を あげて ください。
要發問的人請舉手。

□ これは 失礼しました。
這真是對不起。

▶ 昨夜は 遅い 時間に 電話を して、失礼し
ました。
昨晚很晚了才打電話給您，請恕失禮了。

Check 1 必考單字	高低重音	詞性、類義詞與對義詞

298 ☐☐☐

失礼します ▸ し**つれいします** ▸ 寒暄 告辭，再見，對不起；不好意思，打擾了

299 ☐☐☐

自転車 ▸ じ**てんしゃ** ▸ 名 腳踏車，自行車
類 オートバイ／auto bicycle 摩托車

300 ☐☐☐

自動車 ▸ じ**どうしゃ** ▸ 名 車，汽車
類 車 車子

301 ☐☐☐

死ぬ ▸ し**ぬ** ▸ 自五 死亡
類 怪我 受傷
對 亡くす 死亡

302 ☐☐☐

字引 ▸ じ**びき** ▸ 名 字典，辭典
類 字典 字典

303 ☐☐☐

自分 ▸ じ**ぶん** ▸ 名 自己，本人，自身；我
類 私 我
對 人 別人

304 ☐☐☐

閉まる ▸ し**まる** ▸ 自五 關閉；關門，停止營業，關（店）
類 閉める 關閉
對 開く 打開

305 ☐☐☐

締める ▸ し**める** ▸ 他下一 勒緊，繫著
類 閉める 關閉
對 開ける 打開

306 ☐☐☐ T1 29

閉める ▸ し**める** ▸ 他下一 關閉，合上；打烊，歇業
類 閉まる 關閉
對 開ける 打開

□ お先に 失礼します。
那就先告辭了。

► それでは お先に 失礼します。
那麼先告辭了。

□ 自転車に 乗る。
踩腳踏車。

► 天気の いい 日は 自転車で 学校へ 行きます。
天氣晴朗的時候會騎自行車上學。

□ 自動車で 運ぶ。
開汽車搬運。

► 兄は 自動車の 工場で 働いて います。
哥哥在汽車工廠上班。

□ 交通事故で 死ぬ。
因交通事故死亡。

► 死ぬ 前に おいしい すしが 食べたいです。
臨死前想吃美味的壽司。

□ 字引を 引く。
查字典。

► 知らない 字が あって、字引を 引いて、調べました。
看到不懂的字，查了字典。

□ 自分で やる。
自己做。

► 自分の 服は 自分で 洗います。
我自己的衣服自己洗。

□ ドアが 閉まる。
門關了起來。

► この 門は 夜 8時に 閉まります。
這道門將於晚上八點關閉。

□ ネクタイを 締める。
打領帶。

► 車に 乗るとき、シートベルトを 締めて ください。
搭車的時候請繫上安全帶。

□ 窓を 閉める。
關窗戶。

► 雨ですから 今夜は 店を 早く 閉めましょう。
下雨了，今天晚上提早打烊吧。

Check 1 必考單字	高低重音	詞性、類義詞與對義詞

307 ☐☐☐

じゃ／じゃあ ▶ じゃ／じゃあ ▶ 感 那麼（就）
類 では　那麼

308 ☐☐☐

シャツ
【shirt】 ▶ シャツ ▶ 名 襯衫
類 ワイシャツ／white shirt　白襯衫

309 ☐☐☐

シャワー
【shower】 ▶ シャワー ▶ 名 淋浴
類 風呂 (ふろ)　澡盆

310 ☐☐☐

十 (じゅう) ▶ じゅう ▶ 名 （數）十；第十
類 十 (とお)　十個

311 ☐☐☐

中 (じゅう) ▶ じゅう ▶ 名・接尾 整個，全；（表示整個期間或區域）期間
類 〜中 (ちゅう)　…期間

312 ☐☐☐

週間 (しゅうかん) ▶ しゅうかん ▶ 名・接尾 …週，…星期
類 〜週 (しゅう)　…週

313 ☐☐☐

授業 (じゅぎょう) ▶ じゅぎょう ▶ 名・自サ 上課，教課，授課
類 教 (おし)える　教授

314 ☐☐☐

宿題 (しゅくだい) ▶ しゅくだい ▶ 名 作業，家庭作業
類 問題 (もんだい)　試題

315 ☐☐☐

上手 (じょうず) ▶ じょうず ▶ 名・形動 （某種技術等）擅長，高明，屬害
類 できる　做好
對 下手 (へた)　笨拙

Check 2 必考詞組	Check 3 必考例句
□ じゃ、さようなら。 那麼，再見。	▶「疲れたなあ。」「じゃあ、ちょっと 休もうか。」 「好累喔。」「那，稍微休息一下吧。」
□ シャツを 着る。 穿襯衫。	▶シャツの ボタンを 無くして しまいました。 襯衫的鈕釦掉了。
□ シャワーを 浴びる。 淋浴。	▶朝ご飯の 前に シャワーを 浴びます。 吃早餐前淋浴。
□ 10まで 数えられる。 可以數到十。	▶教室の 時計は 10時 10分でした。 當時教室裡的時鐘指的是十點十分。
□ 世界中 全世界	▶休みの 日は 一日中、家で ゲームを します。 假日總是一整天窩在家裡打電玩。
□ 週間天気予報 一週的天氣預報	▶お薬を 出します。1週間後に また 来て ください。 我開藥給您。請於一星期後回診。
□ 授業に 出る。 上課。	▶森田先生の 授業は、難しいですが 面白いです。 森田老師的課程雖然不輕鬆，但是很精彩。
□ 宿題を する。 寫作業。	▶今日の 宿題は、漢字と 作文です。 今天的回家功課是漢字和作文。
□ 料理が 上手。 很會作菜。	▶「リンさんは 英語が 上手ですね。」「ええ、アメリカに いましたから。」 「林小姐英文說得真流利呀！」「嗯，因為之前待過美國。」

Check 1 必考單字	高低重音	詞性、類義詞與對義詞

316 □□□ ● T1 / 30

じょうぶ
丈夫 ▶ じょうぶ ▶ 形動（身體）健壯，健康；堅固，結實
類 元気　精力充沛
對 弱い　虛弱

317 □□□

しょうゆ
醬油 ▶ しょうゆ ▶ 名 醬油
類 塩　鹽巴

318 □□□

しょくどう
食堂 ▶ しょくどう ▶ 名 食堂，飯館
類 レストラン／ restaurant　餐廳

319 □□□

し
知る ▶ しる ▶ 他五 知道，得知；懂得，理解；認識
類 分かる　知道
對 忘れる　忘掉

320 □□□

しろ
白い ▶ しろい ▶ 形 白色的；空白
類 ホワイト／ white　白色
對 黒い　黑色

321 □□□

じん
人 ▶ じん ▶ 接尾 …人
類 人　人

322 □□□

しんぶん
新聞 ▶ しんぶん ▶ 名 報紙
類 ニュース／ news　消息

323 □□□

すいよう び
水曜日 ▶ すいようび ▶ 名 星期三
類 水曜　週三

324 □□□

す
吸う ▶ すう ▶ 他五 吸，抽，喝
類 飲む　喝
對 吹く　吹

□ 体が 丈夫だ。
身體強壯。

▶ 丈夫な 子供が 生まれますように。
祈禱能生下一個健壯的寶寶。

□ 醤油を 入れる。
加醬油。

▶ ラーメンは 塩味と 醤油味と どちらに しますか。
拉麵有鹽味和醬油味，想吃哪一種？

□ 食堂に 行く。
去食堂。

▶ 昼ご飯は いつも 会社の 食堂で 食べます。
我午餐總是在公司的附設餐廳吃。

□ 一を 聞いて 十を 知る。
聞一知十。

▶ この 写真の 人が 誰か 知って いますか。
你知道這張照片裡的人是誰嗎？

□ 色が 白い。
顏色白。

▶ 白い 雲が 黒く なって、雨が 降って きました。
白雲變得灰灰暗暗的，下起雨來了。

□ 外国人
外國人

▶ 駅前の 中華料理店の ご主人は 台湾人です。
車站前那家中式餐館的老闆是台灣人。

□ 新聞を 読む。
看報紙。

▶ 新聞の ニュースを スマートフォンで 読みます。
用手機瀏覽新聞電子報。

□ 水曜日が 休みだ。
星期三休息。

▶ 歯医者さんは 水曜日と 日曜日が お休みです。
牙醫診所每週三和週日休診。

□ 煙草を 吸う。
抽煙。

▶ 煙草を 吸う 方は こちらの 席へ どうぞ。
吸菸者請坐在這一區。

Check 1　必考單字	高低重音	詞性、類義詞與對義詞

325 □□□

スカート
【skirt】 ▶ ス<u>カ</u>ート ▶

名 裙子
類 ズボン／（法）jupon　褲子

---

326 □□□

好<small>す</small>き ▶ す<u>き</u> ▶

名・形動 喜好，愛好；愛，產生感情
類 大好<small>だいす</small>き　最喜好
對 嫌<small>きら</small>い　討厭

---

327 □□□　● T1／31

過<small>す</small>ぎ ▶ す<u>ぎ</u> ▶

接尾 超過…，過了…，過度
對 ～前<small>まえ</small>　…前

---

328 □□□

直<small>す</small>ぐ ▶ す<u>ぐ</u> ▶

副 馬上，立刻；（距離）很近
類 今<small>いま</small>　馬上

---

329 □□□

少<small>すく</small>ない ▶ す<u>くない</u> ▶

形 少，不多
類 ちょっと　不多
對 多<small>おお</small>い　多

---

330 □□□

少<small>すこ</small>し ▶ す<u>こ</u>し ▶

副 少量，稍微，一點
類 少<small>すく</small>ない　不多
對 沢山<small>たくさん</small>　許多

---

331 □□□

涼<small>すず</small>しい ▶ す<u>ずしい</u> ▶

形 涼爽，涼爽
類 冷<small>つめ</small>たい　冰冷的
對 暖<small>あたた</small>かい　溫暖的

---

332 □□□

ずつ ▶ ずつ ▶

副助 （表示均攤）每…，各…；表示反覆多次
類 ～毎<small>ごと</small>　每…

---

333 □□□

ストーブ
【stove】 ▶ ス<u>ト</u>ーブ ▶

名 火爐，暖爐
類 暖房<small>だんぼう</small>　暖氣
對 冷房<small>れいぼう</small>　冷氣

□ スカートを 穿く。
穿裙子。

▶ 母は いつも 長い スカートを 履いて いました。
媽媽以前總是穿著長裙。

□ テニスが 好き。
喜歡打網球。

▶ あなたの 好きな スポーツは 何ですか。
你喜歡什麼運動項目？

□ 疲れ過ぎ。
太累了。

▶ おいしかったので、食べ過ぎて しまいました。
因為太好吃了，結果吃得太飽了。

□ すぐ 行く。
馬上去。

▶ 交番は 駅を 出て すぐ 右に あります。
派出所就在出車站後的右手邊。

□ 友達が 少ない。
朋友很少。

▶ 今年の 冬は 雪が 少ないです。
今年冬天的降雪量很少。

□ 少し 早い。
稍微早了些。

▶ もう 少し 音を 大きく して もらえませんか。
可以麻煩您把聲音調大一點嗎？

□ 風が 涼しい。
風很涼爽。

▶ 窓から 涼しい 風が 入って 来ました。
涼風從窗戶吹了進來。

□ 一日に 3回ずつ。
每天各三次。

▶ 全部で 20個 ですから、一人 4個ずつ 取って ください。
總共有二十個，所以每個人各拿四個。

□ ストーブを 点ける。
開暖爐。

▶ 寒いですね。ストーブを 点けましょうか。
好冷喔！打開暖爐吧。

Check 1 必考單字	高低重音	詞性、類義詞與對義詞

334 □□□

スプーン
【spoon】
▶ スプーン ▶
名 湯匙
類 箸 筷子

335 □□□

ズボン
【(法) jupon】
▶ ズボン ▶
名 西裝褲，褲子
類 パンツ／pants 褲子

336 □□□

すみません
▶ すみません ▶
寒暄 對不起，抱歉；謝謝
類 ごめんなさい 對不起

337 □□□

住む
▶ すむ ▶
自五 住，居住
類 泊まる 住宿

338 □□□ T1／32

スリッパ
【slipper】
▶ スリッパ ▶
名 室內拖鞋
類 下駄 木屐

339 □□□

する
▶ する ▶
自・他サ 做，進行
類 やる 做

340 □□□

座る
▶ すわる ▶
自五 坐，跪座；就（要職）
類 着く 就（座）
對 立つ 站立

341 □□□

背／背
▶ せ／せい ▶
名 背後；身高，身材
類 背中 背部

342 □□□

セーター
【sweater】
▶ セーター ▶
名 毛衣
類 背広 西裝（的上衣）

□ スプーンで　食べる。
用湯匙吃。

▶ スプーンで　カレーを　食べます。
拿湯匙吃咖哩。

□ ズボンを　脱ぐ。
脫褲子。

▶ ズボンの　ポケットに　財布を　入れて　出かけます。
把錢包放進褲子的口袋後出門。

□ 遅れて　すみません。
很抱歉，我遲到了。

▶ すみません。写真を　撮って　もらえませんか。
不好意思，可以幫忙拍張照嗎？

□ 東京に　住む。
住東京。

▶ 私は　両親と　犬と　一緒に　住んで　います。
我和父母以及小狗住在一起。

□ スリッパを　履く。
穿拖鞋。

▶ トイレの　スリッパを　この　部屋まで　履いて　きたのは　誰ですか。
是誰把廁所的拖鞋穿進這個房間裡的？

□ 電話を　する。
打電話。

▶ 「宿題は　もう　したの。」「今から　するよ。」
「功課做完了嗎？」「現在開始做呀。」

□ ソファーに　座る。
坐到沙發上。

▶ ちょっと　そこに　座って　話しませんか。
可以坐在那邊稍微聊一下嗎？

□ 背が　高い。
身材高大。

▶ 「背が　高いですね。何センチですか。」「１８５センチです。」
「你長得真高，有幾公分呢？」「185公分。」

□ セーターを　脱ぐ。
脫下毛衣。

▶ この　セーターは　あまり　暖かく　ないです。
這件毛衣穿起來不怎麼暖和。

Check 1 必考單字	高低重音	詞性、類義詞與對義詞

343 □□□
生徒
せいと
▶ せいと ▶
名 學生
類 学生　學生
がくせい

344 □□□
石鹸
せっけん
▶ せっけん ▶
名 香皂，肥皂
類 ソープ／soap　肥皂

345 □□□
背広
せびろ
▶ せびろ ▶
名 （男子穿的）西裝
類 スーツ／suit　套裝

346 □□□
狭い
せま
▶ せまい ▶
形 狹窄，狹小，狹隘
類 小さい　小
ちい
對 広い　寬大
ひろ

347 □□□
ゼロ【zero】 ▶ ゼロ ▶
名 （數）0；零分；零
類 零　零；無い　沒有
れい　　　な
對 有る　有
あ

348 □□□ ●T1／33
千
せん
▶ せん ▶
名 （數）千，一千；形容數量之多
類 万　萬
まん

349 □□□
先月
せんげつ
▶ せんげつ ▶
名 上個月
類 前月　前一個月
ぜんげつ
對 来月　下個月
らいげつ

350 □□□
先週
せんしゅう
▶ せんしゅう ▶
名 上個星期，上週
類 前週　上週
ぜんしゅう
對 来週　下週
らいしゅう

351 □□□
先生
せんせい
▶ せんせい ▶
名 老師，師傅；醫生，大夫
類 教師　教師
きょうし
對 生徒　學生
せいと

Check 2　必考詞組	Check 3　必考例句

□ 生徒が 多い。
　　很多學生。

私の 母は 20年前、この 学校の 生徒でした。
我媽媽二十年前曾是這所學校的學生。

□ 石鹸で 洗う。
　　用肥皂洗。

外から 帰ったら、石鹸で 手を 洗います。
從外面回來後要用肥皂洗手。

□ 背広を 作る。
　　訂做西裝。

お父さんは 毎日 背広を 着て 会社へ 行きます。
爸爸每天都穿西裝去公司上班。

□ 部屋が 狭い。
　　房間很窄小。

今の アパートは 狭いので、もっと 広い 部屋に 住みたいです。
這棟公寓很小，我想住在更大一點的房間。

□ ゼロから 始める。
　　從零開始。

ドイツ 対 フランスは、1 対 0で ドイツが 勝ちました。
德國隊對法國隊的比賽最後，德國隊以一比零獲勝了。

□ 千に 一つ。
　　千中之一。

富士山の 高さは 3776メートルです。
富士山的高度是海拔三千七百七十六公尺。

□ 先月 亡くなった。
　　上個月去世了。

先月、二十歳に なりました。
我在上個月滿二十歲了。

□ 先週の 木曜日。
　　上週四。

この 漢字は、先週 習いました。
這個漢字上星期學過了。

□ 先生に なる。
　　當老師。

先生は 英語の 歌が 上手です。
老師很會唱英文歌。

Check 1 必考單字	高低重音	詞性、類義詞與對義詞
352 □□□ 洗濯 <small>せんたく</small>	せんたく	名·他サ 洗衣服，清洗，洗滌 類 洗<small>あら</small>う　洗
353 □□□ 全部 <small>ぜんぶ</small>	ぜんぶ	名 全部，總共 類 みんな　大家
354 □□□ そう	そう	感（回答）是，沒錯 類 ええ　是
355 □□□ そうして／ そして	そうして／ そして	接續 然後；而且；於是；又 類 それから　然後
356 □□□ 掃除 <small>そうじ</small>	そうじ	名·他サ 打掃，清掃，掃除 類 綺麗<small>きれい</small>にする　收拾乾淨
357 □□□ そこ	そこ	代 那兒，那邊 類 そちら　那裡
358 □□□ T1 34 そちら	そちら	代 那兒，那裡；那位，那個；府上， 貴處（口語為「そっち」） 類 そこ　那裡
359 □□□ 外 <small>そと</small>	そと	名 外，外面；外面，表面；外頭，外面 類 外側<small>そとがわ</small>　外側 對 内<small>うち</small>　裡面
360 □□□ その	その	連體 那…，那個… 類 それ　那個

□ 洗濯が できた。
衣服洗好了。

▶ 今日は 天気が いいので、たくさん 洗濯を しました。
今天天氣很好，所以洗了很多衣物。

□ 全部 答える。
全部回答。

▶ 「この 本は 全部 読みましたか。」「半分 くらい 読みました。」
「這本書全部讀完了嗎？」「讀了一半左右。」

□ 私も そう思う。
我也是那麼想。

▶ 「これは あなたの 傘ですか。」「はい、そう です。」
「這是你的傘嗎？」「對，是我的。」

□ 歯を 磨き、そして 顔を 洗う。
刷完牙然後洗臉。

▶ 彼女は 席を 立ちました。そして 出て 行 きました。
她從座位上起身，然後走出去了。

□ 庭を 掃除する。
清掃庭院。

▶ 友達が 来るので、部屋を 掃除 しました。
因為朋友要來家裡，所以打掃了房間。

□ そこで 待つ。
在那邊等。

▶ 「お茶を どうぞ。」「後で 飲みますから、そ こに 置いて ください。」
「請用茶。」「我待會兒再喝，請先放在那邊。」

□ そちらへ 伺う。
到府上拜訪。

▶ 東京は 雨です。そちらは どんな 天気ですか。
東京目前下雨，你那邊天氣如何？

□ 外で 遊ぶ。
在外面玩。

▶ 鍵が かかって いるので、外からは 開きま せん。
因為上了鎖，所以無法從外面開啟。

□ その 人。
那個人。

▶ その 料理は 何ですか。おいしそうですね。
這道菜是什麼呢？看起來好好吃喔！

Check 1 必考單字	高低重音	詞性、類義詞與對義詞
361 □□□ 側／傍 _{そば そば}	そば	名 旁邊，近處，附近 類 近く_{ちか} 附近
362 □□□ 空 _{そら}	そら	名 天空；天氣 類 青空_{あおぞら} 青空 對 地_ち 大地
363 □□□ それ	それ	代 那，那個；那時，那裡；那樣 類 そちら 那個
364 □□□ それから	それから	接續 還有；其次，然後；（催促對方談話時）後來怎樣 類 そして 然後
365 □□□ それでは	それでは	接續 那麼，那就；如果那樣的話 類 それじゃ 那麼
366 □□□ 台 _{だい}	だい	接尾 …台，…輛，…架 類 ～匹_{ひき} …匹
367 □□□ 大学 _{だいがく}	だいがく	名 大學 類 学校_{がっこう} 學校
368 □□□ ●T1／35 大使館 _{たい し かん}	たいしかん	名 大使館
369 □□□ 大丈夫 _{だいじょう ぶ}	だいじょうぶ	形動 牢固，可靠；放心，沒問題，沒關係 類 結構_{けっこう} 可以 對 だめ 不行

□ そばに 置く。
放在身邊。

▶ その ホテルは 海の そばに あります。
那家旅館位在海邊。

□ 空を 飛ぶ。
在天空飛翔。

▶ 東の 空が 明るく なって きました。
天空從東方開始亮了起來。

□ それ だけだ。
只有那個。

▶ 「この 本は 誰のですか。」「それは 先生の 本です。」
「這本書是誰的？」「那是老師的書。」

□ 欲しいものは 帽子、靴、それから 時計です。
想要的東西有帽子、鞋子，還有手錶。

▶ ここに お金を 入れます。それから この ボタンを 押します。
錢從這裡投進去，然後按下這個按鈕。

□ それでは 良い お年を。
那麼，祝您有個美好的一年。

▶ 「今日、木村さんは 休みです。」「それでは 全部で 7人ですね。」
「今天木村先生休假。」「那麼，總共是七個人吧。」

□ エアコンが 2台 ある。
冷氣有兩台。

▶ 「タクシーは 2台で いいですか。」「3台 呼んで ください。」
「計程車叫兩輛夠嗎？」「請叫三輛。」

□ 大学に 入る。
進大學。

▶ 大学では 音楽を 勉強しました。
我當年在大學攻讀的是音樂。

□ 大使館に 連絡する。
聯絡大使館。

▶ ドイツ大使館の パーティーに 行きました。
我去參加了德國大使館的酒會。

□ 食べても 大丈夫。
可放心食用。

▶ 「疲れたら 休んで くださいね。」「はい、大丈夫です。」
「累了的話請記得休息喔。」「好的，目前還不需要。」

Check 1　必考單字	高低重音	詞性、類義詞與對義詞

370 □□□
だい す
大好き　▶　だいすき　▶
形動 非常喜歡，最喜好
類 好き　喜歡
す
對 大嫌い　最討厭
だいきら

371 □□□
たいせつ
大切　▶　たいせつ　▶
形動 重要，要緊；心愛，珍惜
類 大事　重要
だい じ

372 □□□
たいてい
大抵　▶　たいてい　▶
副 大部分，差不多；（下接推量）多半；（接否定）一般
類 いつも　經常

373 □□□
だいどころ
台所　▶　だいどころ　▶
名 廚房
類 キッチン／kitchen　廚房

374 □□□
たいへん
大変　▶　たいへん　▶
副・形動 不得了；很，非常，太
類 とても　非常

375 □□□
たか
高い　▶　たかい　▶
形 （程度，數量，價錢）高，貴；（身材，事物等）高，高的
類 大きい　高大的
おお
對 安い　便宜
やす

376 □□□
たくさん
沢山　▶　たくさん　▶
名・形動・副 很多，大量；足夠，不再需要
類 一杯　充滿
いっぱい
對 少し　少許
すこ

377 □□□
タクシー
【taxi】　▶　タクシー　▶
名 計程車
類 キャブ／cab　計程車

378 □□□　🔊 T1 36
だけ　▶　だけ　▶
副助 只有…
類 しか　只有

Check 2 必考詞組	**Check 3** 必考例句
□ 甘い ものが 大好き。 最喜歡甜食。	私は 犬も 猫も 大好きです。 我最喜歡狗和貓了！
□ 大切に する。 珍惜。	これは 父に 買って もらった 大切な 時計です。 這是爸爸買給我的珍貴手錶。
□ たいてい 分かる。 大概都知道。	休みの 日は たいてい 家に います。 假日我多半待在家裡。
□ 台所に 据える。 安裝在廚房。	朝 起きて、台所で 水を 1杯 飲みました。 早上起床後，在廚房喝了一杯水。
□ 大変な 目に あう。 倒大霉。	先生には 大変 お世話に なりました。 承蒙老師的諸多照顧了。
□ 値段が 高い。 價錢昂貴。	銀行は あの 高い ビルの 1階に ありますよ。 銀行位在那棟大廈（高樓）的一樓喔。
□ たくさん ある。 有很多。	鈴木先生は 毎日 たくさん 宿題を 出します。 鈴木老師每天都出很多習題給我們。
□ タクシーに 乗る。 搭乘計程車。	バスが 来ませんね。タクシーで 行きましょう。 巴士還是沒來耶。我們搭計程車去吧。
□ 一人 だけ。 只有一個人。	この 薬は 1日 1回、朝だけ 飲みます。 這種藥請一天一次，只在早上服用。

Check 1 / 必考單字	高低重音	詞性、類義詞與對義詞
379 □□□ だ 出す	▶ だす	▶ 他五 拿出，取出；寄出；派出 類 渡す 交給 對 受ける 得到
380 □□□ たち 達	▶ たち	▶ 接尾 …們，…等 類 〜等 …們
381 □□□ た 立つ	▶ たつ	▶ 自五 立，站；站立；冒，升；出發 類 起きる 立起來 對 座る 坐
382 □□□ たてもの 建物	▶ たてもの	▶ 名 建築物，房屋 類 家 住家
383 □□□ たの 楽しい	▶ たのしい	▶ 形 快樂，愉快，高興 類 面白い 有趣 對 つまらない 無趣
384 □□□ たの 頼む	▶ たのむ	▶ 他五 請求，要求；點菜；依靠 類 願う 請求
385 □□□ たばこ 煙草	▶ たばこ	▶ 名 香菸 類 灰皿 菸灰缸
386 □□□ た ぶん 多分	▶ たぶん	▶ 副 大概，或許；恐怕 類 大体 大概
387 □□□ た もの 食べ物	▶ たべもの	▶ 名 食物，吃的東西 類 飲み物 飲料

□ お金を　出す。
出錢。

▶ ポケットから　ハンカチを　出します。
從口袋掏出手帕。

□ 私達
我們

▶ 家の　中から　子供達の　笑う　声が　聞こえて　きます。
可以聽見孩子們的笑聲從家裡傳出來。

□ 前に　立つ。
站到前面。

▶ 立った　写真を　1枚、座った　写真を　1枚、送って　ください。
請附上一張全身照（立姿照）和一張半身照（坐姿照）。

□ 建物を　建てる。
蓋建築物。

▶ あそこに　見える　白い　建物が　私の　学校です。
遠遠的可以看到一棟白色的建築物，那裡就是我的學校。

□ 楽しい　時間。
歡樂的時間。

▶ 夏休みは　とっても　楽しかったです。
暑假過得非常開心。

□ 飲み物を　頼む。
點飲料。

▶ 昨日　頼んだ　仕事は　もう　できましたか。
昨天麻煩你的工作已經完成了嗎？

□ 煙草を　買う。
買煙。

▶ 煙草を　吸う　人は　こちらの　席へ　どうぞ。
吸菸的人請坐在這一區。

□ たぶん　大丈夫だろう。
應該沒問題吧。

▶ 頭が　痛いので　休みます。たぶん　風邪だと　思います。
由於頭痛而請假。我想大概是感冒了。

□ 食べ物を　売る。
販賣食物。

▶ 「犬に　食べ物を　やらないで　ください。」
「請勿拿食物餵狗！」

Check 1 / 必考單字	高低重音	詞性、類義詞與對義詞

388 □□□

食_たべる　▶　た<u>べる</u>　▶
他下一 吃
對 飲_のむ　喝

389 □□□　🔘 T1 / 37

卵_{たまご}　▶　た<u>まご</u>　▶
名 動物的卵；雞蛋
類 卵_{らん}　卵子

390 □□□

誰_{だれ}　▶　だ<u>れ</u>　▶
代 誰，哪位
類 どなた　哪位

391 □□□

誰_{だれ}か　▶　だ<u>れか</u>　▶
代 某人；有人
類 誰_{だれ}　哪位

392 □□□

誕生日_{たんじょうび}　▶　た<u>んじょう</u>び　▶
名 生日
類 バースデー／birthday　生日

393 □□□

段々_{だんだん}　▶　だ<u>んだん</u>　▶
副 漸漸地
對 急_{きゅう}に　突然間

394 □□□

小_{ちい}さい　▶　ち<u>いさい</u>　▶
形 小的；微少，輕微，幼小的
類 軽_{かる}い　輕的
對 大_{おお}きい　大的

395 □□□

近_{ちか}い　▶　ち<u>かい</u>　▶
形 （距離）近，接近，靠近；（時間）快，將近
類 短_{みじか}い　近的
對 遠_{とお}い　遠

396 □□□

違_{ちが}う　▶　ち<u>がう</u>　▶
自五 不同，不一樣；錯誤，不對
類 間違_{まちが}える　弄錯
對 同_{おな}じ　一樣

Check 2 必考詞組	Check 3 必考例句
□ 弁当を 食べる。 吃便當。	▶ 朝ご飯は ちゃんと 食べなさい。 早餐一定要吃！
□ 卵から 出る。 從蛋裡出生。	▶ 卵と バターで おいしい お菓子を 作りましょう。 用蛋和奶油做了美味的甜點。
□ 誰も いない。 沒有人。	▶ 「電話、誰から。」「お父さんから。今日 遅くなるって。」 「電話是誰打來的？」「爸爸打的，說今天會晚一點回來。」
□ 誰か 来た。 有誰來了。	▶ すみません。誰か 手伝って もらえませんか。 不好意思，有沒有人可以幫忙呢？
□ 誕生日プレゼント 生日禮物	▶ 誕生日に 何が 欲しいですか。 你生日想要什麼禮物？
□ だんだん 暖かくなる。 漸漸地變暖和。	▶ この 薬を 飲んだら、だんだん よく なりました。 只要服用這種藥，就會漸漸康復了。
□ 小さい 子供。 年幼的孩子。	▶ もう少し 小さいのと 換えて もらえますか。 可以換成更小一點的嗎？
□ 駅に 近い。 離車站近。	▶ この アパートは 駅から 近いので 便利です。 這棟公寓離車站很近，十分方便。
□ 考えが 違う。 想法不同。	▶ 「もしもし、鈴木さんの お宅ですか。」「いいえ、違います。」 「喂，請問是鈴木公館嗎？」「不是，您打錯了。」

Check 1 必考單字	高低重音	詞性、類義詞與對義詞

397 □□□
ちか
近く ▸ ちかく ▸

名·副 附近，近旁；接近；（時間上）
近期，即將
類 隣 隔壁
となり
對 遠く 遠的
とお

398 □□□
ちかてつ
地下鉄 ▸ ちかてつ ▸

名 地下鐵
類 電車 電車
でんしゃ

399 □□□
ちち
父 ▸ ちち ▸

名 爸爸，家父
類 パパ／papa 爸爸
對 母 媽媽
はは

400 □□□ ◉T1／38
ちゃいろ
茶色 ▸ ちゃいろ ▸

名 茶色
類 ブラウン／brown 棕色

401 □□□
ちゃわん
茶碗 ▸ ちゃわん ▸

名 碗，茶杯，飯碗
類 お碗 碗
わん

402 □□□
ちゅう
中 ▸ ちゅう ▸

名·接尾 中央，中間；…期間，正在…
當中；在…之中

403 □□□
ちょうど
丁度 ▸ ちょうど ▸

副 剛好，正好；正，整
類 ちょっと 一下子

404 □□□
ちょっと
一寸 ▸ ちょっと ▸

副·感 一下子；（下接否定）不太…，
不太容易…；一點點
類 少し 少許
すこ
對 沢山 很多
たくさん

405 □□□
ついたち
一日 ▸ ついたち ▸

名 （每月）一號，初一
類 1日間 一天
いちにちかん

Check 2 必考詞組	Check 3 必考例句
□ 近くに ある。 在附近。	▶ この 近くに 交番は ありますか。 這附近有派出所嗎？
□ 地下鉄に 乗る。 搭地鐵。	▶ 大学は 地下鉄の 駅から 歩いて 3分です。 大學距離這個地鐵站走路三分鐘。
□ 父は 厳しい。 爸爸很嚴格。	▶ これは 父が 大学生だった ときの 写真です。 這是我爸爸大學時代的相片。
□ 茶色が 好きだ。 喜歡茶色。	▶ 私の 妹は 薄い 茶色の 目を して います。 我妹妹的眼睛是淺褐色的。
□ 茶碗に 入れる。 盛到碗裡。	▶ 弟は 毎晩、大きな お茶碗に 3杯 ごはん を 食べます。 弟弟每天晚上都要吃三大碗飯。
□ 今週中 這週內	▶ 「勉強中、部屋に 入らないで。春樹。」 「正在用功！請勿進入房間。春樹。」
□ ちょうど いい。 剛剛好。	▶ 日本に 来て、今日で ちょうど 1年に な ります。 今天是我來到日本恰好滿一年的日子。
□ ちょっと 待って。 等一下。	▶ すみません。もう ちょっと ゆっくり 話して ください。 不好意思，請您講慢一點。
□ 一日から 学ぶ。 從一號開始學。	▶ 入学式は 四月 一日です。午前 10時まで に 来て ください。 入學典禮是四月一日。請於上午十點之前來校報到。

107

Check 1 必考單字	高低重音	詞性、類義詞與對義詞

406 □□□

使う <small>つか</small> ▸ つかう ▸ 他五 用，使用；花費
<small>い</small>
類 要る　需要

407 □□□

疲れる <small>つか</small> ▸ つかれる ▸ 自下一 疲倦，疲勞
<small>たいへん</small>
類 大変　費力

408 □□□

次 <small>つぎ</small> ▸ つぎ ▸ 名 下次，下回，接下來；第二，其次
<small>だいに</small>
類 第2　第二
<small>まえ</small>
對 前　之前

409 □□□

着く <small>つ</small> ▸ つく ▸ 自五 到，到達，抵達，寄到；席，入坐
<small>とうちゃく</small>
類 到着する　抵達
<small>で</small>
對 出る　出發

410 □□□

机 <small>つくえ</small> ▸ つくえ ▸ 名 桌子，書桌
類 テーブル／ table　桌子

411 □□□ 🔴 T1 39

作る <small>つく</small> ▸ つくる ▸ 他五 做，製造；創造；創作
類 する　做

412 □□□

点ける <small>つ</small> ▸ つける ▸ 他下一 點（火），點燃；扭開（開關），打開
<small>つ</small>
類 点く　點（火）
<small>け</small>
對 消す　關掉

413 □□□

勤める <small>つと</small> ▸ つとめる ▸ 他下一 工作，任職
<small>はたら</small>
類 働く　工作

414 □□□

つまらない ▸ つまらない ▸ 形 無趣，沒意思；無意義
<small>おもしろ</small>
對 面白い　好玩

□ 頭を 使う。
動腦。

▶ どうぞ この ボールペンを 使って ください。
敬請使用這支原子筆。

□ 体が 疲れる。
身體疲累。

▶ 今日は たくさん 歩いたので 疲れました。
今天走了很多路所以很疲憊。

□ 次の 駅。
下一站。

▶ お酒を 飲むと、次の 日 頭が 痛く なり
ます。
喝了酒的隔天總會頭痛。

□ 駅に 着く。
到達車站。

▶ 駅に 着いたら 電話 して ください。
抵達車站以後請來電告知。

□ 机を 並べる。
排桌子。

▶ 机の 上に 茶色い 封筒が あります。
桌上有個褐色的信封。

□ 椅子を 作る。
製作椅子。

▶ きれいな 紙で、お皿や 箱を 作りました。
用漂亮的紙做了盤子和盒子。

□ 火を 点ける。
點火。

▶ 暗いですね。電気を 点けて くれませんか。
好暗喔，可以幫忙開燈嗎？

□ 会社に 勤める。
在公司上班。

▶ 私は デパートに 勤めて います。
我目前在百貨公司工作。

□ テレビが つまらない。
電視很無趣。

▶ ご飯の あと テレビを 見ましたが、つまら
ないので 寝ました。
吃完飯後本來是在看電視，可是節目太無聊，於是去睡覺了。

Check 1　必考單字	高低重音	詞性、類義詞與對義詞

415□□□
つめ
冷たい ▸ つめたい ▸
形 冷，涼；冷淡，不熱情
類 寒い 寒冷
對 熱い 熱的

416□□□
つよ
強い ▸ つよい ▸
形 強大，有力，擅長的；猛，強烈；
強壯，結實
類 上手 擅長的
對 弱い 軟弱

417□□□
て
手 ▸ て ▸
名 手，手掌；胳膊；把手
類 右手 右手
對 足 腳

418□□□
テープ
【tape】 ▸ テープ ▸
名 膠布；錄音帶，卡帶
類 ＣＤ 唱片

419□□□
テーブル
【table】 ▸ テーブル ▸
名 桌子；餐桌，桌子
類 机 書桌

420□□□
テープレコーダー ▸ テープレコーダー ▸
【tape recorder】
名 磁帶錄音機
類 ラジオ／radio 收音機

421□□□
で か
出掛ける ▸ でかける ▸
自下一 到…去，出去，出門；要出去
類 出る 出門
對 帰る 回來

422□□□ T1／40
て がみ
手紙 ▸ てがみ ▸
名 信，書信，函
類 はがき 明信片

423□□□
で き
出来る ▸ できる ▸
自上一 能，會，辦得到；做好，做完
類 上手 擅長

Check 2 必考詞組	Check 3 必考例句
□ 冷たい 風。 冷風。	▶ 今日は 風が 冷たいです。もう 冬ですね。 今天的風好冷喔！冬天已經來囉。
□ 力が 強い。 力量大。	▶ ドアが 開きません。もっと 強く 押して ください。 「門打不開。」「請更用力推開。」
□ 手を 洗う。 洗手。	▶ 皆さん、手を 洗って、ご飯に しましょう。 各位，我們來洗手吃飯吧！
□ テープを 貼る。 貼膠帶。	▶ テープを 聞いて 発音の 勉強を します。 透過聆聽錄音帶的發音學習。
□ テーブルに つく。 入座。	テーブルに ナイフと フォークを 並べます。 在桌面擺上刀叉。
□ テープレコーダーで 聞く。 用錄音機收聽。	▶ この テープレコーダーは ラジオも 聞けます。 這台錄音機也可以收聽廣播節目。
□ 旅行に 出掛ける。 出門去旅行	▶ 「もしもし、お母さん いらっしゃいますか。」 「母は 出掛けて います。」 「喂，請問媽媽在嗎？」「媽媽出門了。」
□ 手紙を 送る。 寄信。	▶ 国を 出る とき、友達に 手紙を もらいました。 出國時接到了朋友的來信。
□ 晩ご飯が できた。 晚餐做好了。	▶ 「英語が できますか。」「少しなら できます。」 「你懂英文嗎？」「只懂一點點。」

Check 1 必考單字	高低重音	詞性、類義詞與對義詞
424 □□□ 出口 でぐち	でぐち	名 出口 對 入り口 入口
425 □□□ テスト【test】	テスト	名 考試，試驗，檢查 類 試験 考試
426 □□□ では	では	接續 那麼，那麼說，要是那樣 類 それなら 如果那樣
427 □□□ デパート 【department store】	デパート	名 百貨公司 類 百貨店 百貨商店
428 □□□ ではお元気で げんき	ではおげんきで	寒暄 請多保重身體 類 では、また 那麼，再見
429 □□□ でも	でも	接續 可是，但是，不過；話雖如此 類 しかし 但是
430 □□□ 出る で	でる	自下一 出來，出去；離開 類 出す 拿出 對 入る 進入
431 □□□ ●T1/41 テレビ 【television之略】	テレビ	名 電視 類 テレビジョン／television 電視機
432 □□□ 天気 てんき	てんき	名 天氣；晴天，好天氣 類 晴れ 晴天

Check 2 必考詞組	Check 3 必考例句
□ 出口を 出る。 出出口。	▶ 入り口から 出口まで だいたい 1時間 かかります。 從入口到出口大約要一個小時。
□ テストを 受ける。 應考。	▶ 明日 テストなので、今夜は 遅くまで 勉強します。 明天有考試，所以今天晚上要用功到很晚。
□ では、失礼します。 那麼，先告辭了。	▶ 「では 失礼します。」「それじゃ また 来週。」 「那，我先告辭了。」「好，我們下週見。」
□ デパートに 行く。 去百貨公司。	▶ 父に あげる ネクタイを デパートで 買いました。 在百貨公司買了要送給爸爸的領帶。
□ それでは、お元気で。 那麼，請保重。	▶ また 会いましょう。では、お元気で。 「後會有期囉。」「那麼，請多保重。」
□ 夢は あるが、でも お金が ない。 有夢想但是沒有錢。	▶ この 問題は、大学の 先生でも 分かりませんよ。 這道題目連大學教授都不知道答案呢！
□ 電話に 出る。 接電話。	▶ 東の 空に きれいな 丸い 月が 出て います。 圓圓的月亮從東方的天空升起。
□ テレビを 見る。 看電視。	▶ この 人は テレビに よく 出て いる 人です。 這個人經常上電視節目。
□ 天気が いい。 天氣好。	▶ 天気が 悪いので、今日の 練習は お休みです。 由於天氣不好，今天的練習暫停一次。

Check 1 必考單字	高低重音	詞性、類義詞與對義詞

433 □□□
でんき
電気 ▸ でんき ▸ 名 電力；電燈，電器
類 電話 電話 (でんわ)

434 □□□
でんしゃ
電車 ▸ でんしゃ ▸ 名 電車
類 地下鉄 地鐵 (ちかてつ)

435 □□□
でんわ
電話 ▸ でんわ ▸ 名・自サ 電話；打電話
類 電話機 電話 (でんわき)

436 □□□
と
戸 ▸ と ▸ 名 （大多指左右拉開的）門，大門；窗戶
類 門 門 (もん)

437 □□□
ど
度 ▸ ど ▸ 名・接尾 …次；…度（溫度，角度等單位）
類 ～回 …回 (かい)

438 □□□
ドア【door】 ▸ ドア ▸ 名 （西式的）門；（任何出入口）門
類 戸 門戶 (と)

439 □□□
トイレ
【toilet】 ▸ トイレ ▸ 名 廁所，洗手間，盥洗室
類 手洗い 洗手間 (てあらい)

440 □□□ T1 42
どう ▸ どう ▸ 副 怎麼，如何
類 いかが 如何

441 □□□
どういたしまして ▸ どういたしまして ▸ 寒暄 沒關係，不用客氣，算不了什麼
類 大丈夫です 不要緊 (だいじょうぶ)

Check 2 必考詞組	Check 3 必考例句
□ 電気を 点ける。 開燈。	▶ 部屋を 出る ときは 電気を 消して くだ さい。 離開房間時請關燈。
□ 電車で 行く。 搭電車去。	▶ 電車の 窓から 海が 見えます。 從電車的車窗可以眺望大海。
□ 電話が 鳴る。 電話鈴響。	▶ 知らない 人から 電話が かかって きました。 一個陌生人打了電話來。
□ 戸を 閉める。 關門。	▶ 戸棚に お菓子を しまったら、戸を 閉めて おいて ください。 把甜點收進櫥櫃之後，請記得關上門。
□ ０度 零度	▶ ３８度 ５分です。熱が ありますね。 「三十八度半。發燒了喔！」
□ ドアを 開ける。 開門。	▶ どこでも 好きな ところへ 行ける ドアが 欲しいです。 真希望有一道任意門讓我前往任何想去的地方。
□ トイレに 行く。 去洗手間。	▶ すみません。ちょっと トイレを 貸して く ださい。 不好意思，可以借用廁所嗎？
□ どう する。 要怎麼辦？	▶ 「温かい お茶は どうですか。」「じゃ、いた だきます。」 「您要不要喝杯熱茶呢？」「那，麻煩您了。」
□ いいえ、どういたし まして。 沒關係，不用客氣。	▶ 「どうもありがとう。」「いいえ、どういたしま して。」 「非常感謝！」「請別客氣。」

Check 1 必考單字	高低重音	詞性、類義詞與對義詞

442 ☐☐☐

どうして ▸ どうして ▸
圖 為什麼，何故
類 なぜ　為何

443 ☐☐☐

どうぞ ▸ どうぞ ▸
圖 請；可以，請
類 どうも　真是

444 ☐☐☐

どうぞよろしく ▸ どうぞよろしく ▸
寒暄 請多指教，請多關照
類 よろしく　指教

445 ☐☐☐

<ruby>動物<rt>どうぶつ</rt></ruby> ▸ どうぶつ ▸
名（生物兩大類之一的）動物
對 <ruby>植物<rt>しょくぶつ</rt></ruby>　植物

446 ☐☐☐

どうも ▸ どうも ▸
圖 怎麼也；總覺得；實在是，真是；
謝謝
類 <ruby>本当に<rt>ほんとう</rt></ruby>　真是

447 ☐☐☐

どうもありがと
うございました ▸ どうもありがとうございました ▸
寒暄 謝謝，太感謝了
類 <ruby>お世話様<rt>せ わ さま</rt></ruby>　感謝您

448 ☐☐☐ T1 / 43

<ruby>十<rt>とお</rt></ruby> ▸ とお ▸
名（數）十；十個；十歲
類 <ruby>10 個<rt>じゅっ こ</rt></ruby>　十個

449 ☐☐☐

<ruby>遠い<rt>とお</rt></ruby> ▸ とおい ▸
形（距離）遠；（時間間隔）久遠；
（關係）遠，疏遠
類 <ruby>長い<rt>なが</rt></ruby>　長遠
對 <ruby>近い<rt>ちか</rt></ruby>　近

450 ☐☐☐

<ruby>十日<rt>とお か</rt></ruby> ▸ とおか ▸
名（每月）十號，十日；十天
類 <ruby>二十日<rt>はっ か</rt></ruby>　二十天

Check 2 必考詞組	Check 3 必考例句
□ どうして 休んだの。 為什麼沒來呢？	「どうして 遅く なったんですか。」「バスが 来なかったんです。」 「為什麼遲到了呢？」「因為等不到巴士。」
□ 中へ どうぞ。 請往這邊走。	お席は こちらです。どうぞ、お座りください。 您的座位在這邊，請就坐。
□ 皆さまにも どうぞ よろしく。 還請各位多多指教。	初めまして。どうぞ よろしく お願いします。 幸會，請多多指教。
□ 動物が 好きだ。 喜歡動物。	子供と 一緒に、動物の 絵本を 見ました。 陪小孩一起看了動物繪本（圖畫書）。
□ どうも すみません。 實在對不起。	私が 悪かったです。どうも すみませんでした。 這是我的錯。非常抱歉！
□ 今日は どうも ありがとう ございました。 今天真是太感謝您了。	長い 間 お世話に なりました。どうも ありがとうございました。 非常感謝多年來的關照！
□ お皿が 10 ある。 有十個盤子。	「お子さんは おいくつですか。」「上の 子が 十、下の 子が 七つです。」 「您的小孩幾歲呢？」「大的十歲，小的七歲。」
□ 学校に 遠い。 離學校遠。	私の 国は 日本から 遠いです。飛行機で 12時間 かかります。 我的國家距離日本很遙遠，搭飛機要花上十二個小時。
□ 毎月 十日。 每月十號。	毎月 十日に、弟に お金を 送って います。 固定於每個月的十號匯錢給弟弟。

Check 1　必考單字	高低重音	詞性、類義詞與對義詞

451 ☐☐☐
とき
時　▶　と‾き‾　▶

图（某個）時候
類 時間　時候

452 ☐☐☐
ときどき
時々　▶　と‾きどき　▶

副 有時，偶爾
類 偶に　偶爾

453 ☐☐☐
と けい
時計　▶　と‾けい　▶

图 鐘錶，手錶
類 目覚まし時計　鬧鐘

454 ☐☐☐
どこ　▶　ど‾こ‾　▶

代 何處，哪兒，哪裡
類 どちら　哪裡

455 ☐☐☐
ところ
所　▶　と‾ころ‾　▶

图（所在的）地方，地點；事物存在的
場所
類 場所　地點

456 ☐☐☐
とし
年　▶　と‾し‾　▶

图 年；年紀
類 歳　年齡

457 ☐☐☐　●T1 44
と しょかん
図書館　▶　と‾しょかん　▶

图 圖書館
類 美術館　美術館

458 ☐☐☐
どちら　▶　ど‾ちら　▶

代（方向，地點，事物，人等）哪裡，
哪個，哪位（口語為「どっち」）
類 どこ　哪裡

459 ☐☐☐
とても　▶　と‾ても‾　▶

副 很，非常；（下接否定）無論如何也…
類 大変　非常

□ 本を 読む とき。
讀書的時候。

▶ 暇な とき、いつでも 遊びに 来て ください。
歡迎有空的時候隨時來玩。

□ 曇り ときどき 雨。
多雲偶陣雨。

▶ 母の 料理は だいたい おいしいですが、時々 まずいです。
媽媽做的菜通常很好吃，偶爾很難吃。

□ 時計が 止まる。
手錶停止不動。

▶ 「これは どこの 時計ですか。」「スイスのです。」
「這是哪裡製造的手錶／時鐘？」「瑞士製造的。」

□ どこへ 行く。
要去哪裡。

▶ 眼鏡が ない。どこに 置いたかな。
我找不到眼鏡，不知道擺到哪裡去了。

□ 便利な ところ。
很方便的地點。

▶ ここは 緑が 多くて 静かで、本当に いい ところですね。
這一帶綠意盎然又安靜，真是個好地方呢。

□ 年を とる。
上了年紀。

▶ 「お母様は お年は いくつですか。」「今年で ８０に なります。」
「請問令堂大人貴庚？」「今年八十歲了。」

□ 図書館で 勉強する。
在圖書館唸書。

▶ 図書館で 本を ４冊 借りました。
在圖書館借了四本書。

□ どちらが 好きですか。
你喜歡哪個呢？

▶ 「お国は どちらですか。」「イギリスから 来ました。」
「請問您是哪一國人？」「我是從英國來的。」

□ とても 面白い。
非常有趣。

▶ この 川の 水は 夏でも とても 冷たいです。
這條河的河水即使在夏天也十分冰涼。

た
行

Part

1

Check 1 必考單字	高低重音	詞性、類義詞與對義詞
460 □□□ どなた	どなた	代 哪位，誰 類 誰　誰
461 □□□ となり 隣	となり	名 鄰居，鄰家；隔壁，旁邊；鄰近，附近 類 横　旁邊
462 □□□ どの	どの	連體 哪個，哪… 類 どれ　哪個
463 □□□ と 飛ぶ	とぶ	自五 飛，飛行，飛翔；跳，越；跑 類 届く　送達
464 □□□ と 止まる	とまる	自五 停，停止，停頓；中斷，止住 類 終わる　結束 對 進む　前進
465 □□□ ともだち 友達	ともだち	名 朋友，友人 類 友人　朋友
466 □□□ ど よう び 土曜日	どようび	名 星期六 類 土曜　週六
467 □□□ T1 45 とり 鳥	とり	名 鳥，鳥類的總稱；雞肉 類 小鳥　小鳥
468 □□□ とりにく　とりにく 鶏肉／鳥肉	とりにく	名 雞肉，鳥肉 類 チキン／chicken　雞肉

□ どなた　様ですか。
請問是哪位。

▶ ピンポン「はい、どなたですか。」「隣の　田中です。」
（叮咚）「來了，請問是哪一位？」「我是隔壁的田中。」

□ 隣に　住む。
住在隔壁。

▶ 王さんは　この　クラスじゃ　ありません。隣の　クラスです。
王同學不在這班，而是隔壁班的學生。

□ どの　方。
哪一位。

▶ 「どの　ネクタイに　しますか。」「じゃ、その　青いのに　します。」
「您想要哪一條領帶呢？」「那，我要藍色那條。」

□ 飛行機が　飛ぶ。
飛機在飛翔。

▶ 青い　空に、白い　飛行機が　飛んで　います。
白色的飛機正在藍天遨翔。

□ 電車が　止まった。
電車靠站了。

▶ 部屋の　時計は　6時で　止まって　いました。
房間裡的時鐘停在了六點。

□ 友達に　なる。
變成朋友。

▶ リンさんとは　SNSで　友達に　なりました。
我和林小姐在SNS（社群網路）上互加好友了。

□ 土曜日は　暇だ。
星期六有空。

▶ 今度の　土曜日は　友達と　映画を　見に　行きます。
下星期六要和朋友去看電影。

□ 鳥が　飛ぶ。
鳥飛翔。

▶ 山の　上で、大きな　白い　鳥を　見ました。
在山上看到了大白鳥。

□ 鳥肉を　揚げる。
炸雞肉。

▶ 晩ご飯に、鳥肉と　トマトで　カレーを　作ります。
用雞肉和番茄煮了咖哩當作晚餐。

Check 1 必考單字	高低重音	詞性、類義詞與對義詞

469 ☐☐☐

撮る（と） ▶ とる ▶ 他五 拍（照片），攝影
類 取る（と） 拿取

470 ☐☐☐

取る（と） ▶ とる ▶ 他五 拿取，執，握；採取
類 持つ（も） 拿取
對 渡す（わた） 遞給

471 ☐☐☐

どれ ▶ どれ ▶ 代 哪個
類 どちら 那個

472 ☐☐☐

どんな ▶ どんな ▶ 連體 什麼樣的
類 あんな 那樣的

473 ☐☐☐

無い（な） ▶ ない ▶ 形 無，不在；沒，沒有
類 ゼロ／zero 零
對 有る（あ） 有

474 ☐☐☐

ナイフ
【knife】 ▶ ナイフ ▶ 名 刀子，餐刀
類 フォーク／fork 叉子

475 ☐☐☐

中（なか） ▶ なか ▶ 名 裡面；其中；內部
類 内（うち） 裡面
對 外（そと） 外面

476 ☐☐☐

長い（なが） ▶ ながい ▶ 形 （距離）長；（時間）長久，長遠
類 遠い（とお） 久遠
對 短い（みじか） 短

477 ☐☐☐ ◉ T1／46

ながら ▶ ながら ▶ 接助 邊…邊…，一面…一面…
類 〜たり〜たり 邊…邊…

| Check 2 | 必考詞組 | Check 3 | 必考例句 |

□ 写真を 撮る。
照相。

▶ 京都で 撮った 写真を 国の 母に 送ります。
把在京都拍的照片寄給故鄉的媽媽。

□ 塩を 取る。
攝取鹽分。

▶ ちょっと その はさみを 取って ください。
請幫我拿一下那支剪刀。

□ どれが いいか。
哪一個比較好？

▶ どの 料理も おいしそう。どれに しようかな。
每一道菜看起來都很好吃，該選哪一道才好呢？

□ どんな 意味ですか。
什麼意思？

▶ 「あなたの お母さんは どんな 人ですか。」
「明るくて 元気な 人です。」
「令堂是什麼樣的人呢？」「她是個開朗又充滿活力的人。」

□ お金が 無い。
沒錢。

▶ お金は あるけど、忙しくて 使う 時間が ない。
雖然有錢，但是忙得沒時間花。

□ ナイフで 切る。
用刀切開。

▶ ナイフと フォークで 魚料理を 食べます。
拿刀叉吃魚料理。

□ 中に 入る。
進去裡面。

▶ 雨が 降って きました。建物の 中に 入り ましょう。
下起雨來了！我們進去室內吧。

□ 足が 長い。
腳很長。

▶ この ズボンは 私には ちょっと 長いです。
這條褲子對我來說有點長。

□ 歩き ながら 考える。
邊走邊想。

▶ 手紙を 読みながら 泣いて しまいました。
一面讀信一面哭了起來。

Check 1 必考單字	高低重音	詞性、類義詞與對義詞

478 □□□
<ruby>鳴<rt>な</rt></ruby>く ▶ なく ▶ 自五 （鳥，獸，蟲等）叫，鳴
類 呼ぶ　喊叫

479 □□□
<ruby>無<rt>な</rt></ruby>くす／<ruby>失<rt>な</rt></ruby>くす ▶ なくす ▶ 他五 丟失；消除
類 <ruby>失<rt>うしな</rt></ruby>う　失去

480 □□□
<ruby>何故<rt>な　ぜ</rt></ruby> ▶ なぜ ▶ 副 為何，為什麼
類 どうして　為什麼

481 □□□
<ruby>夏<rt>なつ</rt></ruby> ▶ なつ ▶ 名 夏天，夏季
類 <ruby>夏季<rt>か　き</rt></ruby>　夏天
對 <ruby>冬<rt>ふゆ</rt></ruby>　冬天

482 □□□
<ruby>夏休<rt>なつやす</rt></ruby>み ▶ なつやすみ ▶ 名 暑假
類 <ruby>休<rt>やす</rt></ruby>み　休假

483 □□□
<ruby>等<rt>など</rt></ruby> ▶ など ▶ 副助 （表示概括，列舉）…等
類 <ruby>等々<rt>などなど</rt></ruby>　等等

484 □□□
<ruby>七<rt>なな</rt></ruby>つ ▶ ななつ ▶ 名 （數）七；七個，七歲
類 <ruby>7個<rt>なな　こ</rt></ruby>　七個

485 □□□
<ruby>何<rt>なに</rt></ruby>／<ruby>何<rt>なん</rt></ruby> ▶ なに／なん ▶ 代 什麼；任何
類 どんな　什麼樣的

486 □□□
<ruby>七日<rt>なの　か</rt></ruby> ▶ なのか ▶ 名 （每月）七號；七天
類 <ruby>7日間<rt>なないちかん</rt></ruby>　七天

Check 2 必考詞組	Check 3 必考例句
□ 鳥が 鳴く。 鳥叫。	▶ この 箱の 中から 子猫の 鳴く 声が します。 從這個箱子裡傳出小貓咪的叫聲。
□ 財布を 無くす。 弄丟錢包。	▶ 財布を 無くしました。どこで 無くしたか 分かりません。 錢包不見了！不知道在哪裡弄丟的。
□ なぜ 働くのか。 為什麼要工作呢？	▶ なぜ 捨てたんですか。大切な はがきだったのに。 為什麼要丟掉呢？那是應該好好珍藏的明信片呀！
□ 夏が 来る。 夏天來臨。	▶ 夏が 来た。海へ 行こう。 夏天來囉！我們去海邊吧！
□ 夏休みが 始まる。 放暑假。	▶ 今年の 夏休みは、家族で 台北へ 行きました。 今年暑假全家人去了台北。
□ 赤や 黄色など。 紅色、黃色等等。	▶ フランスや ドイツなど、ヨーロッパの 国を 旅行しました。 我去了法國和德國等等歐洲國家旅行。
□ 七つに なる。 變成七歲。	▶ この かばんには ポケットが 七つも あります。 這只提包有多達七個口袋。
□ 何歳。 幾歲？	▶ 「これは 何ですか。」「それは 風邪薬です。」 「這是什麼？」「那是感冒藥。」
□ 七日間 七天之間	▶ 1週間は 七日です。五日 働いて 二日 休みます。 一星期有七天。工作五天，週休二天。

Check 1 必考單字	高低重音	詞性、類義詞與對義詞

487 □□□ ● T1 / 47

なまえ
名前 ▶ なまえ ▶

名 （事物與人的）名字，名稱
類 名　姓名

488 □□□

なら
習う ▶ ならう ▶

他五 學習；模仿
類 学ぶ　学習
對 教える　教授

489 □□□

なら
並ぶ ▶ ならぶ ▶

自五 並排，並列，列隊
類 並べる　排列

490 □□□

なら
並べる ▶ ならべる ▶

他下一 排列；並排；陳列；擺，擺放
類 置く　擺放

491 □□□

な
為る ▶ なる ▶

自五 成為，變成，當（上）；到
類 変わる　變成

492 □□□

に
二 ▶ に ▶

名 （數）二，兩個
類 二つ　兩個

493 □□□

にぎ
賑やか ▶ にぎやか ▶

形動 熱鬧，繁華；有說有笑，鬧哄哄
類 楽しい　愉快的
對 静か　安靜

494 □□□

にく
肉 ▶ にく ▶

名 肉
類 体　身體

495 □□□

にし
西 ▶ にし ▶

名 西，西方，西邊
類 西方　西方
對 東　東方

Check 2 必考詞組	**Check 3** 必考例句

□ 名前を 書く。
寫名字。
▶ 「お名前は。」「王です。よろしく お願いします。」
「請問貴姓大名？」「敝姓王，請多指教。」

□ 先生に 習う。
向老師學習。
▶ 子供の 頃、ピアノを 習って いました。
小時候學過鋼琴。

□ 横に 並ぶ。
排在旁邊。
▶ あの ラーメン屋は いつも 大勢の 客が 並んでいる。
這家拉麵店總是大排長龍。

□ 靴を 並べる。
將鞋子排好。
▶ テーブルに 料理を 並べて、父の 帰りを 待ちます。
把飯菜擺在桌上等爸爸回來。

□ 金持ちに なる。
變成有錢人。
▶ 雨は、午後から 雪に なりました。
原先的降雨於午後轉成了降雪。

□ 一石二鳥。
一石二鳥。
▶ アメリカは 2回目です。2年前に 2ヶ月だけ 留学しました。
這是我第二次到美國。兩年前曾在那裡留學過短短兩個月。

□ にぎやかな 町。
熱鬧的大街。
▶ パーティーは にぎやかで 楽しかったです。
那場派對十分熱鬧，玩得很愉快。

□ 肉を 食べる。
吃肉。
▶ 豚肉の カレーと、鳥肉の カレーが あります。
有豬肉咖哩和雞肉咖哩。

□ 西の 空が 明るい。
西邊的天空很明亮。
▶ 駅は この 道を 西へ まっすぐ 行くと あります。
沿著這條路往西直走就可以到車站了。

127

Check 1 必考單字	高低重音	詞性、類義詞與對義詞

496 □□□
にち
日 ▸ に**ち** ▸ 名 號，日，天（計算日數）
對 〜月 …月

497 □□□ ●T1／48
にち よう び
日曜日 ▸ に**ちよう**び ▸ 名 星期日
類 にちよう
日曜 週日

498 □□□
に もつ
荷物 ▸ に**もつ** ▸ 名 行李，貨物
類 かばん 手提包

499 □□□
ニュース ▸ ニュース ▸ 名 新聞，消息
【news】 類 しんぶん
新聞 報紙

500 □□□
にわ
庭 ▸ に**わ** ▸ 名 庭院，院子
類 こうえん
公園 公園

501 □□□
にん
人 ▸ にん ▸ 接尾 …人
類 ひと
人 人

502 □□□
ぬ
脱ぐ ▸ ぬ**ぐ** ▸ 他五 脱去，脱掉，摘掉
類 と
取る 脱下
對 き
着る 穿

503 □□□
ネクタイ ▸ ネ**クタ**イ ▸ 名 領帶
【necktie】 類 マフラー／muffler 圍巾

504 □□□
ねこ
猫 ▸ ね**こ** ▸ 名 貓
類 キャット／cat 貓

☐ 1日
一天

▶ 「誕生日は　何月　何日　ですか。」「五月
十三日です。」
「你的生日是幾月幾號呢？」「五月十三號。」

☐ 日曜日は　休みです。
星期天休息。

この　辺に　日曜日に　やっている　病院は
ありますか。
這附近有星期天開診的醫院嗎？

☐ 荷物を　送る。
寄送行李。

▶ 「荷物　持ちましょうか。」「ありがとう。でも
大丈夫です。」
「要不要幫忙提行李？」「謝謝，我還提得動。」

☐ ニュースを　見る。
看新聞。

▶ 次は　スポーツの　ニュースです。
接下來播報體育新聞。

☐ 庭で　遊ぶ。
在院子裡玩。

▶ 庭の　桜の　木に　鳥が　とまって　います。
院子裡的櫻樹上歇著小鳥。

☐ 五人
五個人

▶ 私の　学校には　外国人の　先生が　三人　います。
我的學校裡有三位外籍老師。

☐ 靴を　脱ぐ。
脫鞋子。

畳の　部屋では　スリッパを　脱ぎます。
在榻榻米的房間必須脫掉拖鞋。

☐ ネクタイを　締める。
繫領帶。

▶ 父の　日に　花と　ネクタイを　あげました。
在爸爸節那天送了花和領帶。

☐ 猫が　好きです。
喜歡貓咪。

▶ 車の　上で　猫が　2匹　寝て　います。
車上睡著兩隻貓。

Check 1 必考單字	高低重音	詞性、類義詞與對義詞
505 □□□ 寝る (ね)	ねる	自下一 睡覺，就寢；躺下，臥 類 休む (やす) 就寢 對 起きる (お) 起床
506 □□□ 年 (ねん)	ねん	名 年（也用於計算年數） 類 年 (とし) 年紀
507 □□□ T1 49 ノート 【notebook之略】	ノート	名 筆記本；備忘錄 類 手帳 (てちょう) 手帳
508 □□□ 登る (のぼ)	のぼる	自五 攀登（山）；登，上 類 登山 (とざん) 爬山 對 降りる (お) 下來
509 □□□ 飲み物 (の) (もの)	のみもの	名 飲料，喝的東西 類 飲料 (いんりょう) 飲料 對 食べ物 (た) (もの) 食物
510 □□□ 飲む (の)	のむ	他五 喝，吞，嚥，吃（藥） 類 吸う (す) 吸
511 □□□ 乗る (の)	のる	自五 騎乘，坐；登上 類 登る (のぼ) 攀登 對 降りる (お) 下來
512 □□□ 歯 (は)	は	名 牙齒 類 虫歯 (むしば) 蛀牙
513 □□□ パーティー 【party】	パーティー	名 （社交性的）晚會，宴會，舞會 類 会 (かい) 聚會

Check 2 必考詞組	Check 3 必考例句
□ よく 寝た。 睡得好。	▶ 「いつまで 寝て いるの。もう お昼ですよ。」 「你還要睡到什麼時候？已經中午了耶！」
□ 1年 一年	▶ 1年に 何回くらい 映画館へ 行きますか。 你一年去看幾次電影？
□ ノートを 取る。 寫筆記。	▶ 英語の ノートを 貸して もらえませんか。 可以借我英文筆記嗎？
□ 木に 登る。 爬樹。	▶ 夏休みに 友達と 富士山に 登りました。 暑假和朋友爬了富士山。
□ 飲み物を ください。 請給我飲料。	▶ 飲み物は コーヒーと 紅茶と どちらに しますか。 飲料想喝咖啡還是紅茶呢？
□ ジュースを 飲む。 喝果汁。	▶ 寒い 日は、温かい 牛乳を 飲んで 寝ます。 天冷時，睡前會喝熱牛奶。
□ 車に 乗る。 坐車。	▶ 歩いても 行けますが、バスに 乗れば 5分で 着きます。 雖然走過去也行，但是搭巴士只要五分鐘就到了。
□ 歯が 痛い。 牙齒很痛。	▶ 寝る 前に 歯を 磨きましょう。 睡覺前記得刷牙喔！
□ パーティーを 開く。 舉辦派對。	▶ パーティーで おいしい お酒を 飲みました。 在酒會上品嚐了香醇的美酒。

Check 1 必考單字	高低重音	詞性、類義詞與對義詞

514 □□□

はい ▶ はい ▶ 感（回答）有，到；（表示同意）是的
類 うん 是
對 いいえ 不是

515 □□□

杯／杯／杯 ▶ はい ▶ 接尾 …杯
（はい／ばい／ぱい）
類 〜本 …瓶

516 □□□

灰皿 ▶ はいざら ▶ 名 菸灰缸
（はいざら）
類 ライター／ lighter 打火機

517 □□□ 🔘 T1 / 50

入る ▶ はいる ▶ 自五 進，進入；加入；收入
（はい）
類 入れる 放入
對 出る 出去

518 □□□

葉書 ▶ はがき ▶ 名 明信片
（はがき）
類 手紙 書信
對 封書 封口書信

519 □□□

履く／穿く ▶ はく ▶ 他五 穿（鞋，襪，褲子等）
（は／は）
類 着ける 穿上

520 □□□

箱 ▶ はこ ▶ 名 盒子，箱子，匣子
（はこ）
類 ケース／ case 箱子

521 □□□

橋 ▶ はし ▶ 名 橋，橋樑；媒介
（はし）
類 ブリッジ／ bridge 橋

522 □□□

箸 ▶ はし ▶ 名 筷子，箸
（はし）
類 茶碗 茶碗，飯碗

□ はい、そうです。 是，沒錯。	▶ 「お元気ですか。」「はい、おかげ様で。」 「過得好嗎？」「是的，託您的福。」
□ 1杯 いかが。 喝杯如何？	▶ おいしかったので、3杯も 飲んで しまいました。 因為非常好喝，所以一連喝了三杯。
□ 灰皿を 取る。 拿煙灰缸。	▶ 煙草は 灰皿の ある ところで 吸って ください。 香菸請在有菸灰缸的地方抽。
□ 家に 入る。 進入家門。	▶ ここは 入り口では ありません。北側の 門から 入って ください。 這裡不是入口，請由北側大門進入。
□ はがきを 出す。 寄明信片。	▶ 台湾を 旅行中の 友達から はがきが 届きました。 正在台灣旅行的朋友寄出的明信片已經送到了。
□ 靴を 履く。 穿鞋子。	▶ 靴を 履いて いる 人は、ここで 脱いで ください。 穿著鞋子的人請在這裡脫下。
□ 箱に 入れる。 放入箱子。	▶ お菓子の 箱に 大切な 手紙を しまって おきます。 把重要的信藏在餅乾盒裡。
□ 橋を 渡る。 過橋。	▶ 橋の 上から 川を 見るのが 好きです。 我喜歡從橋上俯瞰河景。
□ 箸で 挟む。 用筷子夾。	▶ 「この お弁当を ください。箸も ください。」 「我要買這個便當，也請附上筷子。」

は
行

Part
1

Check 1 / 必考單字	高低重音	詞性、類義詞與對義詞
523 □□□ 始まる	はじまる	自五 開始，開頭；發生 類 始める　開始 對 終わる　結束
524 □□□ 初め	はじめ	名 開始，起頭；起因 類 一番　最初 對 終わり　結束
525 □□□ 初めて	はじめて	副 最初，初次，第一次 類 初めまして　初次見面
526 □□□　T1 / 51 初めまして	はじめまして	寒暄 初次見面，你好 類 初め　初次
527 □□□ 始める	はじめる	他下一 開始，創始 對 終わる　結束
528 □□□ 走る	はしる	自五 （人，動物）跑步，奔跑；（車，船等）行駛 類 歩く　走路 對 止まる　停住
529 □□□ バス【bus】	バス	名 巴士，公車 類 乗り物　交通工具
530 □□□ バター【butter】	バター	名 奶油，黃油 類 ジャム／jam　果醬
531 □□□ 働く	はたらく	自五 工作，勞動，做工 類 勤める　工作 對 休む　休息

134

Check 2 / 必考詞組

□ 授業が 始まる。
開始上課。

□ 初めは 厳しかった。
剛開始很艱難。

□ 初めての デート。
初次約會。

□ 初めまして、山田です。
初次見面，我是山田。

□ 仕事を 始める。
開始工作。

□ 一生懸命に 走る。
拼命地跑。

□ バスを 待つ。
等公車。

□ バターを 塗る。
塗奶油。

□ 会社で 働く。
在公司上班。

Check 3 / 必考例句

▶ 映画が 始まる 前に、飲み物を 買って きます。
電影開演前，我先去買飲料。

▶ 初めに 部長が 挨拶を して、その 後、課長が 話します。
首先請經理致詞，之後再請科長講話。

▶ 日本に 来る とき、初めて 飛行機に 乗りました。
當初來日本的時候是我第一次搭飛機。

▶ 初めまして。リンです。よろしく お願いします。
幸會，敝姓林，請多多指教。

▶ 私は 30歳の とき、この 店を 始めました。
我在三十歳的時候開了這家店。

▶ 毎朝、公園の 周りを 走って います。
每天早上都沿著公園周圍跑步。

▶ 海へは、駅前から 5番の バスに 乗ると いいですよ。
要去海邊的話，只要在車站前搭乘五號巴士就可以抵達囉。

▶ 卵と 砂糖と バターで お菓子を 作ります。
使用雞蛋、砂糖和奶油製作甜點。

▶ 私の 母は デパートで 働いています。
家母在百貨公司工作。

Check 1 必考單字	高低重音	詞性、類義詞與對義詞

532 ☐☐☐

はち
八 ▸ はち ▸ 名（數）八；八個
類 八つ　八個

533 ☐☐☐

はつか
二十日 ▸ はつか ▸ 名（毎月）二十日；二十天
類 二十歳　二十歳

534 ☐☐☐

はな
花 ▸ はな ▸ 名 花
類 花瓶　花瓶

535 ☐☐☐ ⏺T1 52

はな
鼻 ▸ はな ▸ 名 鼻子
類 歯　牙齒

536 ☐☐☐

はなし
話 ▸ はなし ▸ 名 話，說話，講話
類 会話　談話

537 ☐☐☐

はな
話す ▸ はなす ▸ 他五 說，講；交談，商量
類 言う　說
對 聞く　聽

538 ☐☐☐

はは
母 ▸ はは ▸ 名 媽媽，家母
類 ママ／mama　媽媽
對 父　家父

539 ☐☐☐

はや
早い ▸ はやい ▸ 形（時間等）先；早
類 早め　提前
對 遅い　慢

540 ☐☐☐

はや
速い ▸ はやい ▸ 形（動作等）迅速；快；（速度等）快速
類 早い　迅速
對 遅い　早的

□ ８キロも ある。
有八公斤。

▶ 私は マンションの ８階に 住んで います。
我住在大廈的八樓。

□ 二十日に 出かける。
二十號出發。

▶ 国に 帰るので、今月の 二十日から １週間、お休みします。
因返鄉之故，自本月二十號起請假（店休）一週。

□ 花が 咲く。
花開。

▶ 公園には、１年中 たくさんの 花が 咲いて います。
公園裡一年四季都開著各式各樣的花。

□ 鼻が 大きい。
鼻子很大。

▶ ドラえもんの 鼻の 色は 何色か、知って いますか。
你知道哆啦Ａ夢的鼻子是什麼顏色的嗎？

□ 結婚の 話を する。
談論結婚的話題。

▶ いい 話と 悪い 話、どちらから 先に 聞きますか。
有好消息和壞消息，你想先聽哪一個？

□ 大きい 声で 話す。
大聲說話。

▶ 兄は 英語と 中国語、スペイン語を 話す ことが できます。
哥哥會講英文、中文和西班牙文。

□ 母が 忙しい。
媽媽很忙。

▶ 毎週 日曜日の 夜は 国の 母に 電話を します。
每週日晚上固定和故鄉的媽媽通電話。

□ 早く 起きる。
早起。

▶ 明日は いつもより ３０分 早く 家を 出ます。
明天要比平常提前三十分鐘出門。

□ 足が 速い。
走路很快。

▶ 兄は クラスで 一番 足が 速いです。
哥哥是班上跑得最快的人。

Check 1 必考單字	高低重音	詞性、類義詞與對義詞
541 □□□ はる 春 ▶	はる ▶	名 春天，春季 類 春季 春天 對 秋 秋天
542 □□□ は　は 貼る／張る ▶	はる ▶	他五 貼上，糊上，黏上 類 塗る 塗抹
543 □□□ は 晴れる ▶	はれる ▶	自下一（天氣）晴，放晴 類 天気 好天氣 對 曇る 變陰
544 □□□ はん 半 ▶	はん ▶	名・接尾 一半；…半 類 半分 一半 對 倍 加倍
545 □□□ ◉T1 / 53 ばん 晩 ▶	ばん ▶	名 晚，晚上 類 夜 晚上 對 朝 早上
546 □□□ ばん 番 ▶	ばん ▶	名・接尾（表示順序）第…號 類 番号 號碼
547 □□□ パン 【(葡) pão】 ▶	パン ▶	名 麵包 類 ご飯 米飯
548 □□□ ハンカチ 【handkerchief】 ▶	ハンカチ ▶	名 手帕 類 タオル／ towel 毛巾
549 □□□ ばんごう 番号 ▶	ばんごう ▶	名 號碼，號數 類 ナンバー／ number 號碼

Check 2 必考詞組	Check 3 必考例句
□ 春に なる。 到了春天。	今度の 春、大学を 卒業します。 我將於今年春天從大學畢業。
□ 写真を 貼る。 貼照片。	はがきに 切手を 貼って、ポストに 入れました。 在明信片貼上郵票，投進了郵筒。
□ 空が 晴れる。 天氣放晴。	晴れた 日は、この 窓から 富士山が 見えます。 晴朗的日子，可以從這扇窗遠眺富士山。
□ 5時半 五點半	毎朝 6時半に 起きて、シャワーを 浴びます。 每天早上六點半起床，然後沖澡。
□ 朝から 晩まで。 從早到晚。	昨日の 晩は 友達と カラオケに 行きました。 昨天晚上和朋友去唱了卡拉OK。
□ 一番が 難しい。 第一題很難。	「好きな 食べ物は 何ですか。」「一番は ラーメン、二番は すしです。」 「你最喜歡吃什麼？」「最喜歡的是拉麵，其次是壽司。」
□ パンを 焼く。 烤麵包。	朝ご飯は パンと サラダと コーヒーです。 早餐總是吃麵包、沙拉以及喝咖啡。
□ ハンカチを 洗う。 洗手帕。	上着の ポケットから ハンカチを 出します。 從外套口袋裡掏出手帕。
□ 番号を 調べる。 查號碼。	ここに 住所と 電話番号を 書いて ください。 請在這裡寫上地址和電話號碼。

139

は
行

Check 1 必考單字	高低重音	詞性、類義詞與對義詞

550 □□□
ばん はん
晩ご飯 ▸ ばんごはん ▸
名 晩餐
類 ばんめし　晩飯
對 朝ご飯　早餐

551 □□□
はんぶん
半分 ▸ はんぶん ▸
名 半，一半，二分之一
類 半　一半
對 倍　加倍

552 □□□
ひがし
東 ▸ ひがし ▸
名 東，東方，東邊
類 東方　東方
對 西　西方

553 □□□
ひき
匹 ▸ ひき ▸
接尾 …匹，…頭，…條，…隻
類 〜本　…條

554 □□□ T1 54
ひ
引く ▸ ひく ▸
他五 拉，拖；翻查；感染（傷風感冒）
類 取る　抓住
對 押す　推

555 □□□
ひ
弾く ▸ ひく ▸
他五 彈奏（樂器）
類 引く　拉

556 □□□
ひく
低い ▸ ひくい ▸
形 低，矮；卑微，低賤
類 短い　短的
對 高い　高的

557 □□□
ひ こう き
飛行機 ▸ ひこうき ▸
名 飛機
類 ヘリコプター／helicopter　直升機

558 □□□
ひだり
左 ▸ ひだり ▸
名 左，左邊，左方；左手
類 左側　左側
對 右　右方

あ か さ た な **は** ま や ら わ

ばんごはん ～ ひだり

□ 晩ご飯を　作る。
做晩餐。

「今日の　晩ご飯は　なに。」「あなたの　好きな　麻婆豆腐よ。」
「今天晩餐吃什麼？」「是你喜歡的麻婆豆腐喔！」

□ 半分に　切る。
對半切。

今日の　テストは　半分しか　できませんでした。
今天的考試會寫的只有一半而已。

□ 東を　向く。
朝向東方。

もう　朝ですね。東の　空が　明るく　なって　きました。
已是清晨時分囉。東邊的天空漸漸泛起了魚肚白。

□ 犬　1匹。
一隻狗。

うちには　犬が　2匹、猫が　3匹います。
我家有兩隻狗、三隻貓。

□ 線を　引く。
拉線。

新しく　習った　漢字に　赤い　ペンで　線を　引きます。
在新學到的漢字旁邊用紅鉛筆劃線。

□ ピアノを　弾く。
彈鋼琴。

私が　ギターを　弾きますから、あなたが　歌って　ください。
請你唱首歌，我會幫忙彈吉他伴奏。

□ 背が　低い。
個子矮小。

高い　テーブルに　飲み物を、低い　テーブルに　食べ物を　並べます。
在高桌上擺飲料、矮桌上放食物。

□ 飛行機に　乗る。
搭飛機。

高い　空に、飛行機が　小さく　見えました。
在高空上，飛機顯得很小。

□ 左へ　曲がる。
向左轉。

ナイフは　お皿の　右、フォークは　左に　置きます。
餐盤的右邊擺餐刀、左邊放餐叉。

Check 1 必考單字	高低重音	詞性、類義詞與對義詞

559 ☐☐☐

ひと
人 ▶ ひ|と ▶

名 人，人類
類 人間　人類

560 ☐☐☐

ひと
一つ ▶ ひ|と|つ ▶

名（數）一；一個
類 1個　一個

561 ☐☐☐

ひとつき
一月 ▶ ひ|と|つき ▶

名 一個月
類 1ヶ月　一個月

562 ☐☐☐

ひとり
一人 ▶ ひ|とり ▶

名 一人；單獨一個人
類 いちにん　一人
對 大勢　許多人

563 ☐☐☐ 🔊 T1 55

ひま
暇 ▶ ひ|ま ▶

名・形動 時間，功夫；空閒時間，暇餘
類 休み　休假
對 忙しい　繁忙

564 ☐☐☐

ひゃく
百 ▶ ひゃ|く ▶

名（數）一百；許多
類 万　萬

565 ☐☐☐

びょういん
病院 ▶ びょ|ういん ▶

名 醫院
類 医院　診療所

566 ☐☐☐

びょうき
病気 ▶ びょ|うき ▶

名 生病，疾病
類 風邪　感冒
對 元気　健康

567 ☐☐☐

ひらがな
平仮名 ▶ ひ|らがな ▶

名 平假名
類 仮名　假名
對 片仮名　片假名

Check 2 / 必考詞組

□ 人が 多い。
人很多。

□ 一つを 選ぶ。
選一個。

□ 一月 休む。
休息一個月。

□ 一人で 旅行する。
單獨一人旅行。

□ 暇が ある。
有空。

□ 百まで 生きる。
可以活到百歲。

□ 病院に 入る。
住院。

□ 病気に なる。
生病。

□ 平仮名で 書く。
用平假名寫。

Check 3 / 必考例句

▶ 鈴木さんの 奥さんは 優しい 人でした。
鈴木先生的太太在世時是一位溫柔的人。

▶ 次の 四つの 中から、正しいと 思うものを 一つ、選んで ください。
請從以下四個選項之中挑出您認為正確的答案。

▶ 一月に 一度、病院で 薬を もらいます。
每個月都要去一趟醫院領藥。

▶ 「趙さんと 一緒に 来ましたか。」「いいえ、一人で 来ました。」
「您那時是和趙小姐一起來的嗎？」「不，只有我一個人來了。」

▶ 今夜 暇なら、ご飯を 食べに 行きませんか。
今晚有空的話，要不要一起去吃飯呢？

▶ 趙さんは、日本語の テストは いつも 百点です。
趙同學每次日文考試總是得一百分。

▶ もっと 大きい 病院に 行った ほうが いいです。
還是去規模大一些的醫院比較好。

▶ 部屋の 掃除を しなさい。病気に なりますよ。
去打掃房間！要不然會生病的喔。

▶ 平仮名は 書けますが、片仮名は 書けません。
雖然會寫平假名，但是不會寫片假名。

Check 1 必考單字	高低重音	詞性、類義詞與對義詞

568 ☐☐☐

昼 (ひる) ▶ ひる ▶
名 中午；白天，白晝；午飯
類 昼間 (ひるま) 白天
對 夜 (よる) 晩上

569 ☐☐☐

昼ご飯 (ひるはん) ▶ ひるごはん ▶
名 午餐
類 ひるめし 午飯

570 ☐☐☐

広い (ひろ) ▶ ひろい ▶
形 （面積，空間，幅度）廣大，寬廣，寬闊；（範圍）廣泛
類 大 (おお) きい 大
對 狭 (せま) い 窄小

571 ☐☐☐

フィルム 【film】 ▶ フィルム ▶
名 底片，膠片；影片，電影
類 写真 (しゃしん) 照片

572 ☐☐☐

封筒 (ふうとう) ▶ ふうとう ▶
名 信封，封套
類 ポスト／post 信箱

573 ☐☐☐ 🔊T1／56

プール 【pool】 ▶ プール ▶
名 游泳池
類 水泳場 (すいえいじょう) 游泳池

574 ☐☐☐

吹く (ふ) ▶ ふく／ふく ▶
自五 （風）刮，吹；（緊縮嘴唇）吹氣
類 降 (ふ) る （雨、雪等）下…

575 ☐☐☐

服 (ふく) ▶ ふく ▶
名 衣服，西服
類 洋服 (ようふく) 西式服裝
對 和服 (わふく) 日式服裝

576 ☐☐☐

二つ (ふた) ▶ ふたつ ▶
名 （數）二；兩個，兩歳
類 2個 (にこ) 兩個

□ 昼に　なる。
到中午。

▶ 毎週　水曜日は　昼から　大学へ　行きます。
毎週三固定在中午以後到大學上課。

□ 昼ご飯を　買う。
買午餐。

▶ 昼ご飯は　いつも　会社の　近くの　お店で
食べます。
午飯總是在公司附近的店家吃。

□ 庭が　広い。
庭院很大。

▶ 結婚したら、もっと　広い　部屋に　住みたい
です。
等結婚以後，想住在更大的屋子。

□ フィルムを　入れる。
放入底片。

▶ 父の　カメラは、フィルムを　入れて　使い
ます。
爸爸的相機要放入底片才能拍照。

□ 封筒を　開ける。
拆信。

▶ 封筒の　中には、母からの　手紙が　入って
いました。
信封裡裝的是媽媽寫來的信。

□ プールで　泳ぐ。
在泳池內游泳。

▶ 夏休みは　毎日、学校の　プールで　泳ぐ
練習を　しました。
暑假每天都去學校的泳池練習游泳了。

□ 風が　吹く。
颳風。

▶ 暖かい　風が　吹いて、春が　来ました。
暖風輕拂，春天來了。

□ 服を　買う。
買衣服。

▶ 今夜の　パーティーに　着て　行く　服が　あ
りません。
沒有適合的衣服可以穿去參加今晚的酒會。

□ 部屋が　二つ　ある。
有兩個房間。

▶ この　問題の　答えは　二つ　ありますね。
這道題目的答案有兩個喔！

Check 1 必考單字	高低重音	詞性、類義詞與對義詞

577 ☐☐☐
ぶたにく
豚肉 ▸ ぶたにく ▸
名 豬肉
類 ポーク／pork 豬肉

578 ☐☐☐
ふたり
二人 ▸ ふたり ▸
名 兩個人，兩人
類 二人 兩個人

579 ☐☐☐
ふつか
二日 ▸ ふつか ▸
名 （每月）二號；兩天
類 ２日間 兩天

580 ☐☐☐
ふと
太い ▸ ふとい ▸
形 粗，肥胖
類 厚い 深厚
對 細い 細瘦

581 ☐☐☐
ふゆ
冬 ▸ ふゆ ▸
名 冬天，冬季
類 冬季 冬天
對 夏 夏天

582 ☐☐☐
ふ
降る ▸ ふる ▸
自五 落，下，降（雨，雪，霜等）
類 降りる 下來
對 晴れる 放晴

583 ☐☐☐ ⬤T1 57
ふる
古い ▸ ふるい ▸
形 以往，古老；過時，落後；不新鮮
類 悪い 壞的
對 新しい 新的

584 ☐☐☐
ふろ
風呂 ▸ ふろ ▸
名 浴缸，澡盆；洗澡；洗熱水澡
類 バス／bath 浴缸，浴室

585 ☐☐☐
ふん ぶん
分／分 ▸ ふん／ぷん ▸
接尾 （時間）…分；（角度）分
類 秒 秒

□ 豚肉を 食べる。
吃豬肉。

▶ 豚肉と 野菜で カレーを 作りましょう。
請跟著我學學看怎麼樣用豬肉和蔬菜煮咖哩吧！

□ 二人 並んで いる。
兩個人並排站在一起。

▶ 私には 弟が 一人と 妹が 二人 います。
我有一個弟弟和兩個妹妹。

□ 二日 酔い。
宿醉。

▶ 二日 待ちましたが、まだ 由美さんから 電話が ありません。
雖然已經等了兩天，還是沒等到由美小姐的來電。

□ 線が 太い。
線條粗。

▶ 駅前の 太い 道を まっすぐに 進んで ください。
請沿著車站前的大馬路往前直走。

□ 冬が 終わる。
冬天結束。

▶ 冬の 朝の 空気は きれいです。
冬天早晨的空氣格外清冽。

□ 雨が 降る。
下雨。

▶ 雨が 降って 来ましたね。急いで 帰りましょう。
下起雨來了呀，我們快點回去吧！

□ 古い 建物。
老舊建築。

▶ この 牛乳は 古いので、捨てた ほうが いいです。
這瓶牛奶已經放很久了，還是倒掉比較好。

□ 風呂に 入る。
泡澡。

▶ 父は 毎晩 お風呂で カラオケの 練習を します。
爸爸每天晚上都在浴室練唱卡拉OK。

□ 10時10分。
10點10分。

▶ 1時間目の 授業は 8時 40分に 始まります。
第一節課是從8點40分開始。

147

Che	必考單字	高低重音	詞性、類義詞與對義詞

586 □□□

ページ
【page】 ▶ ペ￣ジ ▶
名・接尾 …頁；一頁
類 〜枚 …張

587 □□□

下手 ▶ へた ▶
名・形動 （技術等）不高明，不擅長，笨拙
類 まずい 拙劣
對 上手 高明

588 □□□

ベッド
【bed】 ▶ ベッド ▶
名 床，床舖
類 布団 被褥

589 □□□

部屋 ▶ へや ▶
名 房間，屋子，…室
類 個室 單人房間

590 □□□

ペン 【pen】 ▶ ペン ▶
名 筆，原子筆，鋼筆
類 ボールペン／ball-pointpen 原子筆

591 □□□

辺 ▶ へん ▶
名 附近，一帶；程度，大致
類 辺り 周圍

592 □□□

勉強 ▶ べんきょう ▶
名・自他サ 努力學習，唸書
類 習う 學習

593 □□□ ●T1／58

便利 ▶ べんり ▶
形動 方便，便利
類 やさしい 簡單
對 不便 不便

594 □□□

方 ▶ ほう ▶
名 方向；方面；（用於並列或比較屬於哪一）部類，類型
類 外 另外

Check 2 必考詞組	Check 3 必考例句
□ ページを 開ける。 翻開內頁。	この 本は、最初の 3ページだけ 読みました。 這本書我只讀了最前面那三頁。
□ 字が 下手。 寫字不好看。	好きな スポーツは テニスです。下手ですが、楽しいです。 我喜歡的運動是網球。雖然技術不好，但打球時很開心。
□ ベッドに 寝る。 在床上睡。	昨夜は 何時に ベッドに 入りましたか。 昨晚是幾點上床的？
□ 部屋に 入る。 進入房間。	部屋を 出る ときは、ドアに 鍵を かけます。 離開房間時要將門上鎖。
□ ペンで 書く。 用原子筆寫。	間違えた ところは 赤い ペンで 直します。 錯誤的地方拿紅筆訂正。
□ この 辺。 這一帶。	「この 辺に 交番は ありますか。」「公園の 入り口に ありますよ。」 「這附近有派出所嗎？」「在公園入口那裡有一間喔！」
□ 勉強が できる。 會讀書。	私は 大学で 音楽を 勉強して います。 我在大學攻讀音樂。
□ 便利な ところ。 方便之處。	駅前の 薬局は、24時間 やって いて 便利です。 車站前的藥局是二十四小時營業的，十分便利。
□ 大きい ほうが いい。 大的比較好。	その 男の 人は 駅の ほうへ 歩いて 行きました。 那個男人朝車站的方向走去了。

あ か さ た な **は** ま や ら わ　ページ～ほう

Check 1　必考單字	高低重音	詞性、類義詞與對義詞

595 □□□
ぼうし
帽子 ▸ ぼ|う|し ▸ 名 帽子
類 キャップ／ cap　棒球帽

596 □□□
ボールペン ▸ ボ|ー|ル|ペ|ン ▸ 名 原子筆，鋼珠筆
【ball-point pen】 類 ペン／ pen　筆

597 □□□
ほか
外 ▸ ほ|か ▸ 名・副助 其他，另外；別的，旁邊；
（下接否定）只有，只好
類 外　外面

598 □□□
ポケット ▸ ポ|ケ|ッ|ト ▸ 名・副助 口袋，衣袋
【pocket】 類 袋　袋子

599 □□□
ポスト ▸ ポ|ス|ト ▸ 名 郵筒，信箱
【post】 類 郵便　郵件

600 □□□
ほそ
細い ▸ ほ|そ|い ▸ 形 細，細小，瘦削；狹窄
類 細かい　詳細
對 太い　肥胖

601 □□□
ボタン ▸ ボ|タ|ン ▸ 名 釦子，鈕釦；按鍵
【(葡)botão／button】 類 スイッチ／ switch　開關

602 □□□
ホテル ▸ ホ|テ|ル ▸ 名（西式）飯店，旅館
【hotel】 類 旅館　旅館

603 □□□ 🔘 T1 / 59
ほん
本 ▸ ほ|ん ▸ 名 書，書籍
類 教科書　教科書

□ 帽子を　かぶる。
戴帽子。

今日は　寒いから、帽子と　手袋を　忘れない
ようにね。
今天很冷，所以別忘了戴上帽子和手套喔！

□ ボールペンで　書く。
用原子筆寫。

鉛筆ではなく、ボールペンで　書いて　ください。
請不要拿鉛筆，必須使用原子筆書寫。

□ 外の　人。
別人。

この　店は　席が　ありませんね。ほかの　店
に　行きましょう。
這家店已經客滿囉，我們去別家店吧！

□ ポケットに　入れる。
放入口袋。

コートの　ポケットに　携帯電話を　入れて
出かけます。
把手機放進大衣口袋出門去。

□ ポストに　入れる。
投入郵筒。

封筒に　切手を　貼って、ポストに　入れます。
在信封貼上郵票，投進郵筒裡。

□ 体が　細い。
身材纖細。

雑誌の　女の　人は　みんな　足が　細いです。
雜誌上的女人個個都有纖細的美腿。

□ ボタンを　押す。
按下按鈕。

この　ボタンを　押すと　電気が　点きます。
按下這顆按鈕，電燈就會亮了。

□ ホテルに　泊まる。
住飯店。

ホテルの　レストランで　フランス料理を　食
べました。
在旅館的餐廳用了餐。

□ 本を　読む。
看書。

もう　少し　易しい　本は　ありませんか。
請問有沒有更簡單易懂的書呢？

151

Check 1　必考單字	高低重音	詞性、類義詞與對義詞
604 □□□ ほん　ぼん　ぽん **本／本／本** ▸	ほん ▸	接尾（計算細長的物品）…支，…棵，…瓶，…條 類 〜杯　…杯，…碗 <small>はい</small>
605 □□□ ほんだな **本棚** ▸	ほんだな ▸	名 書架，書櫃，書櫥 類 棚　架子 <small>たな</small>
606 □□□ ほんとう **本当** ▸	ほんとう ▸	名・形動 真正，真實，真（的） 類 ほんと　真的 對 嘘　謊言 <small>うそ</small>
607 □□□ ほんとう **本当に** ▸	ほんとうに ▸	副 真的，真實地 類 どうも　實在
608 □□□ まい **枚** ▸	まい ▸	接尾 …張，…片，…幅，…扇 類 ページ／ page　…頁
609 □□□ まいあさ **毎朝** ▸	まいあさ ▸	接尾 每天早上 類 朝　早上 <small>あさ</small> 對 毎晩　每天晚上 <small>まいばん</small>
610 □□□ まいげつ　まいつき **毎月／毎月** ▸	まいげつ／ まいつき ▸	名 每個月 類 毎年　每年 <small>まいとし</small>
611 □□□ ⏺ T1／60 まいしゅう **毎週** ▸	まいしゅう ▸	名 每個星期，每週 類 毎日　每天 <small>まいにち</small>
612 □□□ まいとし　まいねん **毎年／毎年** ▸	まいとし／ まいねん ▸	名 每年 類 一年　一年 <small>いちねん</small>

Check 2 必考詞組	Check 3 必考例句
□ ビール　2本。 両瓶啤酒。	▶ ワインを　2本、ビールを　3本、お茶を　1本　買います。 我要買兩瓶紅酒、三瓶啤酒和一瓶茶飲。
□ 本棚に　並べる。 排放在書架上。	▶ 本棚に、好きな　本や　雑誌を　並べます。 將我喜歡的書和雜誌擺到書架上。
□ 本当の　話。 真話。	▶ 本当の　名前は　正一郎ですが、ショウと　呼んで　ください。 雖然我的本名是正一郎，但請叫我Shou。
□ 本当に　ありがとう。 真的很謝謝您。	▶ この　店の　ケーキは　本当に　おいしいです。 這家店的蛋糕真的很好吃！
□ 5枚で　いくらですか。 請問五張多少錢？	▶ 原宿で　シャツを　2枚と　かばんを　一つ　買いました。 在原宿買了兩件襯衫和一只包包。
□ 毎朝　散歩する。 每天早上散步。	▶ 毎朝　6時に　起きて、犬の　散歩を　しています。 每天早上六點起床，然後帶狗出門散步。
□ 毎月の　生活費。 每月生活費。	▶ 毎月、携帯電話に　いくら　かかって　いますか。 每個月的手機通話費要花多少錢呢？
□ 毎週　3回。 每週三次。	▶ 毎週　金曜日は　仕事の　後に　プールで　泳ぎます。 每週五下班後都去泳池游泳。
□ 毎年　咲く。 每年都綻放。	▶ 毎年　春と　秋に　家族で　旅行に　行きます。 每年春天和秋天全家人一起去旅行。

Check 1 必考單字	高低重音	詞性、類義詞與對義詞

613 ☐☐☐
まいにち
毎日 ▸ まいにち ▸
名 每天，天天
類 <ruby>何日<rt>なんにち</rt></ruby>　幾天

614 ☐☐☐
まいばん
毎晩 ▸ まいばん ▸
名 每天晚上
類 <ruby>毎朝<rt>まいあさ</rt></ruby>　每天早上

615 ☐☐☐
まえ
前 ▸ まえ ▸
名 （空間的）前，前面；前面，面前
類 <ruby>向<rt>む</rt></ruby>こう　正對面
對 <ruby>後<rt>うし</rt></ruby>ろ　後面

616 ☐☐☐
まえ
〜前 ▸ まえ ▸
名 （時間的）…前，之前
類 〜<ruby>過<rt>す</rt></ruby>ぎ　過了…
對 〜<ruby>後<rt>ご</rt></ruby>　…之後

617 ☐☐☐
ま
曲がる ▸ まがる ▸
自五 彎曲；拐彎
類 <ruby>折<rt>お</rt></ruby>れる　轉彎
對 <ruby>真<rt>ま</rt></ruby>っ<ruby>直<rt>す</rt></ruby>ぐ　筆直

618 ☐☐☐
ま　ず
不味い ▸ まずい ▸
形 不好吃，難吃
類 おいしくない　不好吃
對 <ruby>美味<rt>おい</rt></ruby>しい　好吃

619 ☐☐☐
また
又 ▸ また ▸
副 還，又，再；也，亦；同時
類 そして　而且

620 ☐☐☐ 🔘T1／61
未だ ▸ まだ ▸
副 還，尚；仍然；才，不過
類 まだまだ　還
對 もう　已經

621 ☐☐☐
まち
町 ▸ まち ▸
名 城鎮；町
類 <ruby>都会<rt>とかい</rt></ruby>　都市
對 <ruby>田舎<rt>いなか</rt></ruby>　鄉下

Check 2 　必考詞組	Check 3 　必考例句
□ 忙_{いそ}しい 毎日_{まいにち}。 每天都很忙碌。	▶ 私_{わたし}の クラスの 先生_{せんせい}は 毎日_{まいにち} 同_{おな}じ 服_{ふく}を 着_きて います。 我的班導師每天都穿一樣的衣服。
□ 毎晩_{まいばん} 帰_{かえ}りが 遅_{おそ}い。 每晚晚歸。	▶ 毎晩_{まいばん} 寝_ねる 前_{まえ}に、好_すきな 音楽_{おんがく}を 聴_ききます。 每天晚上睡覺前都聽喜歡的音樂。
□ 前_{まえ}を 見_みて 歩_{ある}く。 看著前面走路。	▶ 危_{あぶ}ないですから、ドアの 前_{まえ}に 立_たたないで ください。 請不要站在門前，以免發生危險。
□ 二日_{ふつか} 前_{まえ} 兩天前	▶ 劉_{りゅう}さんは 三日_{みっか}前_{まえ}から 学校_{がっこう}を 休_{やす}んで います。 劉同學從三天前就向學校請假了。
□ この 角_{かど}を 曲_まがる。 在這個轉角轉彎。	▶ 次_{つぎ}の 交差点_{こうさてん}を 右_{みぎ}に 曲_まがって ください。 請在下個路口右轉。
□ ピザは まずい。 披薩很難吃。	▶ こんな まずい コーヒーは 初_{はじ}めて 飲_のんだよ。 我頭一遭喝到那麼難喝的咖啡！
□ また 会_あおう。 下次再會。	▶ 今日_{きょう}は 楽_{たの}しかったです。また 会_あいましょう。 今天玩得很開心！我們下回再見喔！
□ まだ 来_こない。 還不來。	▶ 弟_{おとうと}は まだ 17歳_{じゅうななさい}です。お酒_{さけ}は 飲_のめません。 弟弟只有十七歲，不可以喝酒。
□ 町_{まち}を 歩_{ある}く。 走在街上。	▶ この 町_{まち}には 映画館_{えいがかん}が 三_{みっ}つ あります。 這個城鎮有三家電影院。

Check 1 必考單字	高低重音	詞性、類義詞與對義詞

622 ☐☐☐

待_まつ ▸ まつ ▸
他五 等候，等待
類 待_まち合_あわせる　等候碰面

623 ☐☐☐

真_まっ直_すぐ ▸ まっすぐ ▸
副・形動 筆直，不彎曲；直接
類 すぐ　很近
對 曲_まがる　彎曲

624 ☐☐☐

マッチ
【match】 ▸ マッチ ▸
名 火柴；火材盒
類 ライター／ lighter　打火機

625 ☐☐☐

窓_{まど} ▸ まど ▸
名 窗戶
類 戸_と　（左右拉開的）門

626 ☐☐☐

丸_{まる}い／円_{まる}い ▸ まるい ▸
形 圓形，球形
類 球_{きゅう}　球
對 四角_{しかく}い　四角

627 ☐☐☐

万_{まん} ▸ まん ▸
名 （數）萬
類 億_{おく}　億

628 ☐☐☐

万年筆_{まんねんひつ} ▸ まんねんひつ ▸
名 鋼筆
類 ペン／ pen　原子筆

629 ☐☐☐ 🔘 T1 / 62

磨_{みが}く ▸ みがく ▸
他五 刷洗，擦亮
類 洗_{あら}う　洗滌

630 ☐☐☐

右_{みぎ} ▸ みぎ ▸
名 右，右邊，右方；右手
類 右側_{みぎがわ}　右側
對 左_{ひだり}　左方

Check 2　必考詞組	Check 3　必考例句
□ 入り口で　待つ。 在入口處等待。	▶ もう　すぐ　着きます。あと　5分　待って ください。 馬上就到了，請再等五分鐘。
□ まっすぐな　道。 筆直的道路。	▶ 図書館は、この　道を　まっすぐ　行くと　右 側に　あります。 圖書館位在沿著這條路直走的右邊。
□ マッチを　つける。 點火柴。	▶ 煙草を　吸いたいんですが、マッチは　ありま すか。 我想抽菸，請問您有火柴嗎？
□ 窓を　開ける。 開窗戶。	▶ 窓から　涼しい　風が　入って　きます。 涼風從窗口吹進來。
□ 月が　丸い。 月圓。	▶ 子犬は　黒くて　丸い　目で　私を　見ました。 小狗那時睜著又黑又圓的眼睛看著我。
□ 100万円 一百萬	▶ 1万年　前、今の　東京の　半分は　海でした。 遠在一萬年前，現在的東京有一半是海。
□ 万年筆を　使う。 使用鋼筆。	▶ 先生に　万年筆で　手紙を　書きます。 以鋼筆寫信給老師。
□ 歯を　磨く。 刷牙。	▶ 毎晩　寝る　前に、歯を　磨きます。 每晚睡覺前刷牙。
□ 右へ　行く。 往右走。	▶ 日本では、人は　右側、車は　左側を　通ります。 日本的道路通行規則是行人靠右、車輛靠左。

Check 1 必考單字	高低重音	詞性、類義詞與對義詞
631 □□□ みじか 短い	みじかい	形(時間)短少;(距離,長度等) 短,近 類 ちか 近い 近的 對 なが 長い 長
632 □□□ みず 水	みず	名水,冷水 類 ウォーター／water 水 對 ゆ 湯 開水
633 □□□ みせ 店	みせ	名商店,店鋪 類 ～屋 …店
634 □□□ み 見せる	みせる	他下一 讓…看,給…看 類 み 見る 看
635 □□□ みち 道	みち	名路,道路 類 とお 通り 馬路
636 □□□ みっ か 三日	みっか	名(每月)三號;三天 類 よっ か 四日 四號
637 □□□ みっ 三つ	みっつ	名(數)三;三個,三歲 類 さん こ 3個 三個
638 □□□ みどり 緑	みどり	名綠色 類 グリーン／green 綠色
639 □□□ T1 63 みな 皆さん	みなさん	名大家,各位 類 みんな 各位

□ 髪が　短い。
頭髮短。

▶ この　ズボンは　私には　ちょっと　短いです。
這條褲子我穿起來有點短。

□ きれいな　水。
純淨的水。

▶ 暑い　日や　スポーツの　あとは、水を　たくさん　飲みましょう。
天氣炎熱時以及運動之後請記得多喝水。

□ 店を　開ける。
開店營業。

▶ 「店の　前に　車を　止めないで　ください。」
「本店門前請勿停車。」

□ 切符を　見せる。
出示車票。

▶ すみません。パスポートを　見せて　ください。
不好意思，請出示護照。

□ 道に　迷う。
迷路。

▶ 大使館までの　道を　地図で　調べます。
看地圖查詢前往大使館的路線。

□ 三日に　一度。
三天一次。

▶ 三月　三日は　雛祭り、女の　子の　お祭りです。
三月三號是女兒節，女孩的專屬節日。

□ 公園が　三つ　ある。
有三個公園。

▶ 私の　上着には　ボタンが　三つ　付いて　います。
我的外套上有三顆鈕釦。

□ 緑の　窓口。
日本新幹線 JR 販票窗口。

▶ この　山は、夏は　緑ですが、秋は　赤に、冬には　茶色に　なります。
這座山，夏天是一片翠綠，秋天是遍處赤紅，冬天則變成滿山深褐。

□ 皆さん　お静かに。
請大家肅靜。

▶ では、皆さん　からの　ご質問に　お答え　します。
那麼，我來回答各位的提問。

Check 1 必考單字	高低重音	詞性、類義詞與對義詞

640 ☐☐☐

南　_{みなみ}　▶　みなみ　▶　名 南，南方，南邊
類 南側　南側 _{みなみがわ}
對 北　北方 _{きた}

641 ☐☐☐

耳　_{みみ}　▶　みみ　▶　名 耳朵
類 目　眼睛 _め

642 ☐☐☐

見る　_み　▶　みる　▶　他上一 看，觀看；瀏覽，觀看
類 聞く　聽到 _き

643 ☐☐☐

みんな　▶　みんな　▶　名 大家，各位
類 皆さん　大家 _{みな}

644 ☐☐☐

六日　_{むいか}　▶　むいか　▶　名 （每月）六號；六天
類 九日　九號 _{ここのか}

645 ☐☐☐

向こう　_む　▶　むこう　▶　名 正對面；前面；那邊
類 あちら　那邊
對 こちら　這邊

646 ☐☐☐

難しい　_{むずか}　▶　むずかしい　▶　形 難；困難，難辦；麻煩，複雜
類 大変　費力 _{たいへん}
對 易しい　容易 _{やさ}

647 ☐☐☐

六つ　_{むっ}　▶　むっつ　▶　名 （數）六；六個，六歲
類 6個　六個 _{ろっこ}

648 ☐☐☐ ● T1 / 64

目　_め　▶　め　▶　名 眼睛；眼球
類 口　嘴巴 _{くち}

Check 2 必考詞組	Check 3 必考例句
□ 南の 国。 南方的國家。	この 部屋は、南側に 大きな 窓が あります。 這個房間的南面有一扇大窗。
□ 耳に 聞こえる。 耳聞。	今日は 寒いですね。耳が 冷たく なりました。 今天好冷喔，連耳朵都凍得冰冰的了。
□ 映画を 見る。 看電影。	この 写真を よく 見て ください。これは あなたの 車ですね。 請仔細看這張照片。這是您的車子吧？
□ みんなの もの。 大家的東西。	それでは 最後に、みんなで 歌を 歌いましょう。 那麼，最後請大家一起唱首歌吧！
□ 六日間も 過ぎた。 已經過了六天。	春休みは 四月 五日までです。六日に また 会いましょう。 春假放到四月五號。我們六號那天再見吧！
□ 向こうに 着く。 到那邊。	テレビは、向こうの 部屋に あります 電視機在那邊的房間裡。
□ 問題が 難しい。 問題很難。	この 本は 難しくて、辞書を 使っても 分かりません。 這本書好難，查了字典還是不懂。
□ 六つ 上の 兄。 比我大六歲的哥哥。	みかんは 一袋に 六つ 入って ４８０円 です。 橘子六顆裝每袋480圓。
□ 目が いい。 有鑑賞力。	目が 悪いので、前の 席に 座ります。 因為視力不佳，所以坐在前排。

Check 1 必考單字	高低重音	詞性、類義詞與對義詞
649 □□□ メートル 【mètre】	メートル	名 公尺，米 類 メーター／meter 公尺
650 □□□ めがね 眼鏡	めがね	名 眼鏡 類 サングラス／sunglasses 太陽眼鏡
651 □□□ もう	もう	副 另外，再 類 もっと 再
652 □□□ もう	もう	副 已經；馬上就要 類 もうすぐ 馬上 對 未だ 還未
653 □□□ もう 申す	もうす	他五 說，講，告訴，叫做 類 言う 說
654 □□□ もくようび 木曜日	もくようび	名 星期四 類 木曜 週四
655 □□□ もしもし	もしもし	感 （打電話）喂；喂（叫住對方） 類 あのう 喂
656 □□□ も 持つ	もつ	他五 拿，帶，持，攜帶 類 有る 持有 對 捨てる 丟棄
657 □□□ もっと	もっと	副 更，再，進一步 類 もう 再

Check 2 必考詞組	Check 3 必考例句
□ 100メートル 100公尺	▶ ボルト　選手は　100メートルを　9秒　58で　走ります。 伏特運動員的一百公尺跑績是9秒58。
□ 眼鏡を　かける。 戴眼鏡。	▶ 遠くを　見る　とき　眼鏡を　かけます。 看遠時要戴眼鏡。
□ もう　一度。 再說一次。	▶ あの　人には、もう　会いたく　ないです。 我再也不想見到那個人了！
□ もう　起きた。 已經起來了。	▶ 「ご飯、まだ。」「もう　できますよ。」 「飯準備好了嗎？」「快好了。」
□ 山田と　申す。 （我）叫做山田。	▶ 初めまして。田中と　申します。 幸會，敝姓田中。
□ 木曜日に　帰る。 星期四回去。	▶ 毎週　木曜日は　学校で　柔道の　練習を　します。 每週四固定在學校練習柔道。
□ もしもし、田中です。 喂，我是田中。	▶ もしもし、私、鈴木と　申しますが、横田さんは　いらっしゃいますか。 喂，敝姓鈴木，請問橫田先生在嗎？
□ 荷物を　持つ。 拿行李。	▶ おばあさん、荷物を　持ちましょうか。 這位奶奶，要不要幫您提東西呢？
□ もっと　ください。 請再給我多一些。	▶ 「この　店、安いね。」「あっちの　店の　ほうが　もっと　安いよ。」 「這家店好便宜喔！」「那邊有一家更便宜的唷！」

Check 1 必考單字	高低重音	詞性、類義詞與對義詞
658 □□□ ● T1 / 65 もの 物	▶ もの ▶	名 (有形) 物品，東西；(無形的) 事物 類 飲み物　飲料
659 □□□ もん 門	▶ もん ▶	名 門，大門 類 入り口　入口
660 □□□ もんだい 問題	▶ もんだい ▶	名 問題；事項，課題 類 試験　考試 對 答え　答案
661 □□□ や 屋	▶ や ▶	名・接尾 房屋；…店，商店或工作人員 類 お宅　貴府
662 □□□ やおや 八百屋	▶ やおや ▶	名 蔬果店，菜舖 類 ～屋　…店
663 □□□ やさい 野菜	▶ やさい ▶	名 蔬菜，青菜 類 果物　水果
664 □□□ やさ 易しい	▶ やさしい ▶	形 溫柔；簡單，容易 類 簡単　簡單 對 難しい　困難
665 □□□ やす 安い	▶ やすい ▶	形 便宜，(價錢) 低廉 類 低い　低的 對 高い　貴
666 □□□ やす 休み	▶ やすみ ▶	名 休息；假日，休假，休息 (時間)；停止營業；睡覺 類 春休み　春假

あ
か
さ
た
な
は
ま
や
ら
わ

もの〜やすみ

□ 欲しい もの。
想要的東西。

▶ 日本では 人に 物を あげる とき、「つまらない 物ですが」と 言います。
在日本，致贈禮物（物品/東西）的時候會說「不成敬意」。

□ 門を 閉める。
關上門。

▶ 学校の 門の 横に、大きな 桜の 木が あります。
學校大門旁有一棵高大的櫻樹。

□ 問題に 答える。
回答問題。

▶ 次の 問題を 読んで、答えを 書きなさい。
請讀完下述問題之後作答。

□ 八百屋。
蔬果店。

▶ 母は 駅前の パン屋さんで 働いて います。
家母在車站前的麵包店工作。

□ 八百屋に 行く。
去蔬果店。

▶ 八百屋で トマトを 三つ 買いました。
在蔬果店買了三顆番茄。

□ 野菜を 作る。
種植蔬菜。

▶ 体の 為に、野菜を 食べましょう。
為身體著想，要吃蔬菜喔！

□ やさしい 本。
簡單易懂的書。

▶ 先生、もっと やさしい 宿題を 出して ください。
老師，功課請出容易一點的。

□ 値段が 安い。
價錢便宜。

▶ 空港へ 行くなら、タクシーより 電車の ほうが 速いし 安いですよ。
如果要去機場，搭電車比計程車來得快速又便宜喔！

□ 休みを 取る。
請假。

▶ 会社の 近くの お弁当屋さんは、日曜日は 休みです。
公司附近的便當店是週日公休。

Check 1 必考單字	高低重音	詞性、類義詞與對義詞
667 □□□ やす **休む** ▶	やすむ ▶	他五・自五 休息，歇息；停止；睡，就寢；請假，缺勤 類 寝る 就寢 對 働く 工作
668 □□□ 🔘 T1 / 66 やっ **八つ** ▶	やっつ ▶	名（數）八；八個，八歲 類 8個 八個
669 □□□ やま **山** ▶	やま ▶	名 山；成堆如山 類 島 島嶼 對 海 海洋
670 □□□ **やる** ▶	やる ▶	他五 做，進行；給予 類 する 做
671 □□□ ゆうがた **夕方** ▶	ゆうがた ▶	名 傍晚 類 夕べ 昨夜 對 朝 早晨
672 □□□ ゆうはん **夕飯** ▶	ゆうはん ▶	名 晚飯 類 夕食 晚餐 對 朝食 早餐
673 □□□ ゆうびんきょく **郵便局** ▶	ゆうびんきょく ▶	名 郵局 類 銀行 銀行
674 □□□ ゆう **夕べ** ▶	ゆうべ ▶	名 昨天晚上，昨夜；傍晚 類 昨夜 昨晚 對 今晩 今晚
675 □□□ ゆうめい **有名** ▶	ゆうめい ▶	形動 有名，聞名，著名 類 立派 出色

□ 学校^{がっこう}を 休^{やす}む。
向學校請假。

> 子供^{こども}が 病気^{びょうき}に なったので、今日^{きょう}は 会社^{かいしゃ}を 休^{やす}みました。
> 因為小孩生病了，所以今天向公司請了假。

□ 八^{やっ}つの 子^こ。
八歲的小孩。

> 箱^{はこ}の 中^{なか}には お菓子^{かし}が 八^{やっ}つ 入^{はい}って いました。
> 盒子裡裝了八塊糕餅。

□ 山^{やま}に 登^{のぼ}る。
爬山。

> 休^{やす}みの 日^ひは、山^{やま}に 行^いって 鳥^{とり}の 声^{こえ}を 聞^きくのが 好^すきです。
> 我喜歡在假日上山聆聽鳥啼。

□ 水^{みず}を やる。
澆水。

> 「誰^{だれ}か、ここを 掃除^{そうじ} して くれませんか。」
> 「私^{わたし}が やります。」
> 「有沒有人可以幫忙打掃這裡的呢？」「交給我來！」

□ 夕方^{ゆうがた}に なる。
到了傍晚。

> 月曜日^{げつようび}は、朝^{あさ}から 夕方^{ゆうがた}まで 授業^{じゅぎょう}が あります。
> 星期一從早晨到傍晚都要上課。

□ 夕飯^{ゆうはん}を とる。
吃晚飯。

> 日曜日^{にちようび}の 夕飯^{ゆうはん}は いつも 外^{そと}で 食^たべます。
> 星期天的晚餐總是在外面吃。

□ 郵便局^{ゆうびんきょく}で 働^{はたら}く。
在郵局工作。

> 郵便局^{ゆうびんきょく}で 切手^{きって}と はがきを 買^かいました。
> 在郵局買了郵票和明信片。

□ 夕^{ゆう}べは よく 寝^ねた。
昨晚睡得很好。

> 夕^{ゆう}べは 暑^{あつ}くて、あまり 寝^ねられませんでした。
> 昨天晚上太熱了，沒睡好。

□ 有名^{ゆうめい}な レストラン。
有名的餐廳。

> この 人^{ひと}は、アメリカの 有名^{ゆうめい}な 歌手^{かしゅ}です。
> 這一位是知名的美國歌手。

Check 1 必考單字	高低重音	詞性、類義詞與對義詞

676 ☐☐☐
ゆき
雪　▶　ゆき　▶　名 雪
類 あめ 雨　雨

677 ☐☐☐
ゆっくり　▶　ゆっくり　▶　副 慢慢，不著急；舒適，安穩
類 おそ 遅い　慢
對 はや 速い　迅速的

678 ☐☐☐ ● T1 / 67
ようか
八日　▶　ようか　▶　名（每月）八號；八天
類 はちにち め 八日目　第八天

679 ☐☐☐
ようふく
洋服　▶　ようふく　▶　名 西服，西裝
類 せ びろ 背広　西裝
對 わ ふく 和服　和服

680 ☐☐☐
よく　▶　よく　▶　副 經常，常常
類 いつも　經常

681 ☐☐☐
よこ
横　▶　よこ　▶　名 横向；横，寬；旁邊；側面
類 となり 隣　隔壁
對 たて 縦　長

682 ☐☐☐
よっか
四日　▶　よっか　▶　名（每月）四號；四天
類 よんにち め 四日目　第四天

683 ☐☐☐
よっ
四つ　▶　よっつ　▶　名（數）四；四個，四歲
類 よん こ 4 個　四個

684 ☐☐☐
よ
呼ぶ　▶　よぶ　▶　他五 呼喚，招呼；喊，叫，邀請，叫
來；叫做，稱為
類 な 鳴く　鳴叫

Check 2　必考詞組	Check 3　必考例句

□ 雪が　降る。
下雪。
▶ 日本に　来て、生まれて　初めて　雪を　見ました。
來到日本之後，才看到了人生中的第一場雪。

□ ゆっくり　食べる。
慢慢吃。
▶ もう　少し　ゆっくり　話して　ください。
請稍微講慢一點。

□ 八日　かかる。
需花八天時間。
▶ 1週間後に　また　来て　ください。今日は　一日ですから、八日ですね。
請於一週後再過來一趟。今天是一號，所以是八號來喔。

□ 洋服を　作る。
做西裝。
▶ 脱いだ　洋服は　この　箱に　入れて　ください。
脫下來的西裝請放進這個箱子裡。

□ よく　来る。
常來。
▶ 小さい　とき、兄と　よく　この　川で　泳ぎました。
小時候經常和哥哥在這條河裡游泳。

□ 横に　なる。
躺下。
▶ 銀行は　駅の　横に　あります。
銀行在車站旁邊。

□ 三泊四日
四天三夜
▶ もう　四日も　雨が　続いて　います。
已經一連下了四天的雨。

□ 四つの　季節。
四個季節。
▶ パンを　四つ　買って、友達の　家へ　行きました。
買了四個麵包帶去朋友家。

□ タクシーを　呼ぶ。
叫計程車。
▶ うちの　犬は、名前を　呼んだら、どこに　いても　走って　来ます。
我家的狗，只要一叫牠的名字，不管在哪裡都會立刻飛奔過來。

Check 1　必考單字	高低重音	詞性、類義詞與對義詞

685 ☐☐☐
読^よむ ▸ よむ ▸ 他五 閱讀，看；唸，朗讀
類 見^みる　觀看
對 書^かく　書寫

686 ☐☐☐
夜^{よる} ▸ よる ▸ 名 晚上，夜裡
類 晚^{ばん}　晚上
對 昼^{ひる}　白天

687 ☐☐☐
弱^{よわ}い ▸ よわい ▸ 形 弱的；弱；不擅長
類 下手^{へた}　不擅長
對 強^{つよ}い　強

688 ☐☐☐　🔘 T1 / 68
来月^{らいげつ} ▸ らいげつ ▸ 名 下個月
類 翌月^{よくげつ}　下個月
對 先月^{せんげつ}　上個月

689 ☐☐☐
来週^{らいしゅう} ▸ らいしゅう ▸ 名 下星期
類 来月^{らいげつ}　下個月
對 先週^{せんしゅう}　上星期

690 ☐☐☐
来年^{らいねん} ▸ らいねん ▸ 名 明年
類 翌年^{よくとし}　翌年
對 去年^{きょねん}　去年

691 ☐☐☐
ラジオ
【radio】 ▸ ラジオ ▸ 名 收音機，無線電
類 音声放送^{おんせいほうそう}　聲音播放

692 ☐☐☐
立派^{りっぱ} ▸ りっぱ ▸ 形動 了不起，出色，優秀；漂亮，美觀
類 結構^{けっこう}　極好

693 ☐☐☐
留学生^{りゅうがくせい} ▸ りゅうがくせい ▸ 名 留學生
類 学生^{がくせい}　學生

Check 2　必考詞組	Check 3　必考例句
□ 小説を　読む。 看小說。	次の　ページを、声を　出して　読んで　ください。 請大聲誦讀下一頁。
□ 夜に　なる。 晚上了。	この　店は　夜　遅くまで　やって　いるので、便利です。 這家店營業到很晚，十分方便。
□ 足が　弱い。 腳沒力。	少し　寒いので、冷房の　風を　弱く　してもらえませんか。 我覺得有點冷，可以把冷氣的風量調弱一點嗎？
□ 来月から　始まる。 下個月開始。	来月、友達と　北海道へ　スキーに　行きます。 下個月要和朋友去北海道滑雪。
□ 来週の　天気。 下週的天氣。	来週は　テストを　します。たくさん　勉強して　ください。 下星期要考試了，請努力用功準備。
□ 来年の　冬。 明年冬天。	銀行で、来年の　カレンダーを　もらいました。 在銀行拿到了明年的月曆。
□ ラジオを　つける。 開收音機。	ラジオで　中国語の　勉強を　して　います。 目前透過電台廣播節目學習中文。
□ 立派な　建物。 氣派的建築物。	悟くんも、立派な　中学生に　なったね。 小悟已經成為一個優秀的中學生了呢。
□ 5カ国の　留学生が　います。 有來自五個國家的留學生。	ブラジルの　留学生に　ブラジル料理を　習いました。 我向巴西的留學生學了巴西菜。

171

Check 1　必考單字	高低重音	詞性、類義詞與對義詞

694□□□

りょうしん
両親 ▸ りょうしん ▸
名 父母，雙親
類 親（おや）　雙親

695□□□

りょう り
料理 ▸ りょうり ▸
名・自他サ 菜餚；做菜
類 調理（ちょうり）　烹調

696□□□

りょこう
旅行 ▸ りょこう ▸
名・自サ 旅行，旅遊，遊歷
類 旅（たび）　旅行

697□□□

れい
零 ▸ れい ▸
名 （數）零；些微
類 ゼロ／zero　零
對 有る（あ）　有

698□□□ ⏺T1／69

れいぞう こ
冷蔵庫 ▸ れいぞうこ ▸
名 冰箱，冷藏室，冷藏庫
類 クーラー／cooler　冷氣

699□□□

レコード
【record】 ▸ レコード ▸
名 唱片，黑膠唱片（圓盤形）
類 ＣＤ（シーディー）　唱片

700□□□

レストラン
【(法) restaurant】 ▸ レストラン ▸
名 西餐廳
類 食堂（しょくどう）　食堂

701□□□

れんしゅう
練習 ▸ れんしゅう ▸
名・他サ 練習，反覆學習
類 勉強（べんきょう）　用功學習

702□□□

ろく
六 ▸ ろく ▸
名 （數）六；六個
類 六つ（むっ）　六個

□ 両親に 会う。
見父母。

私の 両親は 大阪に 住んで います。
我父母住在大阪。

□ 料理を する。
做菜。

病気に なると、母の 料理が 食べたく なります。
生病的時候特別想吃媽媽做的菜。

□ 世界を 旅行する。
環遊世界。

これは 台湾に 旅行に 行った ときの 写真です。
這是我去台灣旅行時拍的照片。

□ 零点を 取る。
考零分。

テストが 零点の 人は、来週 もう 一度 テストを します。
考試成績零分的人，下星期要再考一次。

□ 冷蔵庫に 入れる。
放入冰箱。

冷蔵庫に 冷たい お茶が ありますよ。
冰箱裡有冰鎮的茶喔！

□ レコードを 聴く。
聽唱片。

これは 父が 大切に して いた レコード です。
這是爸爸最寶貝的唱片。

□ レストランで 食事する。
在餐廳用餐。

昨夜、スペイン料理の レストランへ 行きました。
昨天晚上去了西班牙餐館。

□ ギターの 練習を する。
練習吉他。

難しい 漢字は、何度も ノートに 書いて 練習します。
困難的漢字要在筆記本上練習寫好幾遍。

□ 6時間を かける。
花六個小時。

エレベーターで 6階に 昇って ください。
請搭電梯到六樓。

Check 1 必考單字	高低重音	詞性、類義詞與對義詞

703 □□□

ワイシャツ
【white shirt】 ▶ ワイシャツ ▶

名 襯衫
類 シャツ／shirt　襯衫

704 □□□

若_{わか}い ▶ わかい ▶

形 年紀小，有朝氣；幼稚；年輕
類 青_{あお}い　不成熟
對 年寄り　年老的

705 □□□

分_わかる ▶ わかる ▶

自五 知道，明白；知道，了解；懂得，理解
類 知_しる　知道；理解

706 □□□

忘_{わす}れる ▶ わすれる ▶

他下一 忘記，忘掉；遺忘，忘記；忘帶
類 無_なくす　丟失
對 覚_{おぼ}える　記住

707 □□□ 🔊 T1／70

渡_{わた}す ▶ わたす ▶

他五 交給，交付；送到
類 あげる　給予
對 取_とる　拿取

708 □□□

渡_{わた}る ▶ わたる ▶

自五 渡，過（河）
類 通_{とお}る　走過

709 □□□

悪_{わる}い ▶ わるい ▶

形 不好，壞的；不好；差，壞；不好
類 下手_{へた}　笨拙
對 良_よい　好

□ ワイシャツを　着る。
穿白襯衫。

▶ ワイシャツに　ネクタイを　して、会社へ　行きます。
穿上襯衫、繫妥領帶，我要去公司了。

□ 若く　なる。
變年輕。

▶ 若い　ときの　母の　写真は　とても　きれいでした。
媽媽年輕時的照片非常美麗。

□ 意味が　わかる。
明白意思。

▶ 木村さんの　日本語は　速くて　よく　わかりません。
木村先生的日語講得太快了，聽不太懂。

□ 宿題を　忘れる。
忘記寫功課。

▶ 宿題は　やりましたが、その　ノートを　家に　忘れました。
雖然寫了習題，卻把那本作業簿忘在家裡了。

□ プレゼントを　渡す。
送禮物。

▶ すみませんが、この　手紙を　吉田さんに　渡して　もらえませんか。
不好意思，可以麻煩您把這封信轉交給吉田小姐嗎？

□ 道を　渡る。
過馬路。

▶ 海の　上に　かかる　橋を　渡りました。
過了跨海大橋。

□ 頭が　悪い。
頭腦差。

▶ 煙草は　体に　悪いですから、やめた　ほうが　いいですよ。
畢竟香菸對身體有害，還是戒掉比較好喔。

Topic 1 基本單字

1 數字（一）

つき いち ど
月に一度。
／一個月一次。

● T2 / 01

ゼロ／<ruby>零<rt>れい</rt></ruby>	名（數）零；沒有	ゼロから<ruby>出発<rt>しゅっぱつ</rt></ruby>する。	從零開始。
<ruby>一<rt>いち</rt></ruby>	名（數）一；第一，最初；最好	<ruby>月<rt>つき</rt></ruby>に<ruby>一度<rt>いち ど</rt></ruby>。	一個月一次。
<ruby>二<rt>に</rt></ruby>	名（數）二，兩個	<ruby>一石二鳥<rt>いっせき に ちょう</rt></ruby>。	一石二鳥
<ruby>三<rt>さん</rt></ruby>	名（數）三；三個；第三；三次	<ruby>三<rt>さん</rt></ruby>から<ruby>数<rt>かぞ</rt></ruby>える。	從三開始數。
<ruby>四<rt>し</rt></ruby>／<ruby>四<rt>よん</rt></ruby>	名（數）四；四個；四次	<ruby>四<rt>よん</rt></ruby>を<ruby>押<rt>お</rt></ruby>す。	按四。
<ruby>五<rt>ご</rt></ruby>	名（數）五；五個	<ruby>五分<rt>ご ぶん</rt></ruby>の<ruby>一<rt>いち</rt></ruby>。	五分之一。
<ruby>六<rt>ろく</rt></ruby>	名（數）六；六個	<ruby>六時間<rt>ろく じ かん</rt></ruby>をかける。	花六個小時。
<ruby>七<rt>なな</rt></ruby>／<ruby>七<rt>しち</rt></ruby>	名（數）七；七個	<ruby>七五三<rt>しち ご さん</rt></ruby>。	七五三（日本習俗，祈求兒童能健康成長。）
<ruby>八<rt>はち</rt></ruby>	名（數）八；八個	<ruby>八<rt>はち</rt></ruby>キロもある。	有八公斤。
<ruby>九<rt>きゅう</rt></ruby>／<ruby>九<rt>く</rt></ruby>	名（數）九；九個	<ruby>九<rt>きゅう</rt></ruby>から<ruby>三<rt>さん</rt></ruby>を<ruby>引<rt>ひ</rt></ruby>く。	九減去三。
<ruby>十<rt>じゅう</rt></ruby>	名（數）十；十個；第十	<ruby>十<rt>じゅう</rt></ruby>まで<ruby>数<rt>かぞ</rt></ruby>える。	算到十。
<ruby>百<rt>ひゃく</rt></ruby>	名（數）一百；一百歲	<ruby>百<rt>ひゃく</rt></ruby>まで<ruby>生<rt>い</rt></ruby>きる。	可以活到百歲。
<ruby>千<rt>せん</rt></ruby>	名（數）（一）千	<ruby>千<rt>せん</rt></ruby>に<ruby>一<rt>ひと</rt></ruby>つ。	千中之一。
<ruby>万<rt>まん</rt></ruby>	名（數）萬；一萬	<ruby>万<rt>まん</rt></ruby>に<ruby>一<rt>ひと</rt></ruby>つ。	萬一。

2 數字（二）

一<ruby>ひと</ruby>つ	名（數）一；一個；一歲	一<ruby>ひと</ruby>つを選<ruby>えら</ruby>ぶ。	選一個。
二<ruby>ふた</ruby>つ	名（數）二；兩個；兩歲	二<ruby>ふた</ruby>つに割<ruby>わ</ruby>る。	裂成兩個。
三<ruby>みっ</ruby>つ	名（數）三；三個；三歲	三<ruby>みっ</ruby>つに分<ruby>わ</ruby>かれる。	分成三份。
四<ruby>よっ</ruby>つ	名（數）四個；四歲	四<ruby>よっ</ruby>つの季節<ruby>きせつ</ruby>。	四個季節。
五<ruby>いつ</ruby>つ	名（數）五個；五歲；第五（個）	五<ruby>いつ</ruby>つになる。	長到五歲。
六<ruby>むっ</ruby>つ	名（數）六；六個；六歲	六<ruby>むっ</ruby>つ上<ruby>うえ</ruby>の兄<ruby>あに</ruby>。	比我大六歲的哥哥。
七<ruby>なな</ruby>つ	名（數）七；七個；七歲	七<ruby>なな</ruby>つにわける。	分成七個。
八<ruby>やっ</ruby>つ	名（數）八；八個；八歲	八<ruby>やっ</ruby>つの子<ruby>こ</ruby>。	八歲的小孩。
九<ruby>ここの</ruby>つ	名（數）九；九個；九歲	九<ruby>ここの</ruby>つになる。	九歲。
十<ruby>とお</ruby>	名（數）十；十個；十歲	お皿<ruby>さら</ruby>が十<ruby>とお</ruby>ある。	有十個盤子。
幾<ruby>いく</ruby>つ	名（不確定的個數，年齡）幾個，多少；幾歲	いくつも無<ruby>な</ruby>い。	沒有幾個。
二十歳<ruby>はたち</ruby>	名 二十歲	二十歳<ruby>はたち</ruby>を迎<ruby>むか</ruby>える。	迎接二十歲的到來。

3 星期

どようび ひま
土曜日は暇だ。
／星期六有空。

T2 / 03

にちようび 日曜日	名 星期日	にちようび やす 日曜日も休めない。	星期天也沒辦法休息。
げつようび 月曜日	名 星期一	げつようび あさ 月曜日の朝。	星期一的早晨。
かようび 火曜日	名 星期二	かようび かえ 火曜日に帰る。	星期二回去。
すいようび 水曜日	名 星期三	すいようび やす 水曜日が休みだ。	星期三休息。
もくようび 木曜日	名 星期四	もくようび いちばんつか 木曜日が一番疲れる。	星期四最累。
きんようび 金曜日	名 星期五	きんようび はじ 金曜日から始まる。	星期五開始。
どようび 土曜日	名 星期六	どようび ひま 土曜日は暇だ。	星期六有空。
せんしゅう 先週	名 上個星期，上週	せんしゅうまつ 先週末。	上週末。
こんしゅう 今週	名 這個星期，本週	こんしゅう いそが 今週も忙しい。	這週也忙。
らいしゅう 来週	名 下星期	らいしゅう てんき 来週の天気。	下週的天氣。
まいしゅう 毎週	名 每個星期，每週，每個禮拜	まいしゅうさんかい 毎週3回。	每週三次。
しゅうかん ～週間	名・接尾 …週，…星期	しゅうかんてんきよほう 週間天気予報。	一週的天氣預報。
たんじょうび 誕生日	名 生日	たんじょうび 誕生日プレゼント。	生日禮物。

4　日期

ついたち 一日	名（毎月）一號，初一	ついたち まな 一日から学ぶ。	一號開始學。
ふつか 二日	名（毎月）二號，二日；兩天；第二天	ふつか よ 二日酔い。	宿醉。
みっか 三日	名（毎月）三號；三天	みっか いちど 三日に一度。	三天一次。
よっか 四日	名（毎月）四號，四日；四天	さんぱくよっか 三泊四日。	四天三夜。
いつか 五日	名（毎月）五號，五日；五天	いつか おく たんじょう び 五日遅れの誕生日。	晚了五天的慶生。
むい か 六日	名（毎月）六號，六日；六天	むい か た 六日も経つ。	過了六天。
なの か 七日	名（毎月）七號；七日，七天	なの か かん 七日間。	七天之間。
よう か 八日	名（毎月）八號，八日；八天	よう か 八日かかる。	需花八天時間。
ここの か 九日	名（毎月）九號，九日；九天	ここの か せっく 九日の節句。	重陽節。
とお か 十日	名（毎月）十號，十日；十天	とお か きく 十日の菊。	明日黃花。
はつ か 二十日	名（毎月）二十日；二十天	はつ か しゅっぱつ 二十日に出発する。	二十號出發。
いちにち 一日	名一天，終日；一整天	いちにち す 一日が過ぎた。	過了一天。
カレンダー 【calendar】	名日曆；全年記事表	こ とし 今年のカレンダー。	今年的日曆。

5 顔色

青 あお	名 青，藍；綠色	青空が好きだ。 あおぞら　す	喜歡青天。
青い あお	形 藍色的；綠的	海は青い。 うみ　あお	湛藍的海。
赤 あか	名 紅，紅色	色は赤だ。 いろ　あか	顏色是紅的。
赤い あか	形 紅色的	目が赤い。 め　あか	眼睛紅帶血絲。
黄色い き いろ	形 黃色，黃色的	黄色くなる。 き いろ	轉黃。
黒 くろ	名 黑，黑色	黒色が嫌いだ。 くろいろ　きら	我不喜歡黑色。
黒い くろ	形 黑色的，褐色；黑暗	腹が黒い。 はら　くろ	心黑險惡。
白 しろ	名 白，白色	白のスカート。 しろ	白色的裙子。
白い しろ	形 白色的；空白；潔白	色が白い。 いろ　しろ	顏色是白的。
茶色 ちゃいろ	名 茶色	茶色が好きだ。 ちゃいろ　す	喜歡茶色。
黄色 き いろ	名 黃色	黄色のチョーク。 き いろ	黃色的粉筆。
緑 みどり	名 綠色	緑の窓口。 みどり　まどぐち	日本新幹線 JR 販票窗口。
色 いろ	名 顏色，彩色	色が薄い。 いろ　うす	顏色很淡。

犬を一匹飼っている。
／養了一隻狗。

T2/ 06

6 量詞

〜階 かい	接尾（樓房的）…樓，層	2階まで歩く。 に かい ある	走到二樓。
〜回 かい	名・接尾 …回，次數	何回も言う。 なんかい い	說了好幾次。
〜個 こ	接尾 …個	6個ください。 ろっ こ	給我六個。
〜歳 さい	接尾 …歲	25歳で結婚する。 にじゅうご さい けっこん	25歲結婚。
〜冊 さつ	接尾 …本，…冊	5冊を買う。 ご さつ か	買五本。
〜台 だい	接尾 …台，…輛，…架	エアコンが2台ある。 だい	冷氣有兩台。
〜人 にん	接尾 …人	5人。 ご にん	五個人。
〜杯 はい	接尾 …杯	1杯いかが。 いっぱい	喝杯如何？
〜番 ばん	接尾（表示順序）第…，…號	一番が難しい。 いちばん むずか	第一題最難。
〜匹（疋） ひき ぴき	接尾（鳥，蟲，魚，獸）…匹， …頭，…條，…隻	犬を1匹飼っている。 いぬ いっぴき か	養了一隻狗。
ページ 【page】	名・接尾 …頁	ページを開ける。 あ	翻開內頁。
〜本 ほん	接尾（計算細長的物品）…枝， …棵，…瓶，…條	ビール2本。 に ほん	兩瓶啤酒。
〜枚 まい	接尾（計算平薄的東西）…張， …片，…幅，…扇	ハンカチ2枚持っている。 に まい も	有兩條手帕。

かお顔がひろ広い。
／交友廣泛。

T2 07

<ruby>あたま</ruby> 頭	名 頭；（物體的上部）頂；頭髮	<ruby>あたま</ruby> 頭がいい。	聰明。
<ruby>かお</ruby> 顔	名 臉，面孔；面子，顏面	<ruby>かお</ruby><ruby>ひろ</ruby> 顔が広い。	交友廣泛。
<ruby>みみ</ruby> 耳	名 耳朵	<ruby>みみ</ruby><ruby>はい</ruby> 耳に入る。	聽到。
<ruby>め</ruby> 目	名 眼睛；眼珠，眼球	<ruby>め</ruby> 目がいい。	有鑑賞力。
<ruby>はな</ruby> 鼻	名 鼻子	<ruby>はな</ruby><ruby>たか</ruby> 鼻が高い。	得意洋洋。
<ruby>くち</ruby> 口	名 口，嘴巴	<ruby>くち</ruby><ruby>あ</ruby> 口に合う。	合胃口。
<ruby>は</ruby> 歯	名 牙齒	<ruby>は</ruby><ruby>みが</ruby> 歯を磨く。	刷牙。
<ruby>て</ruby> 手	名 手，手掌；胳臂	<ruby>て</ruby> 手をあげる。	舉手。
<ruby>なか</ruby> お腹	名 肚子；腸胃	<ruby>なか</ruby> お腹がいっぱい。	肚子很飽。
<ruby>あし</ruby> 足	名 腿；腳；（器物的）腿	<ruby>あし</ruby><ruby>ふ</ruby> 足で踏む。	用腳踩。
<ruby>からだ</ruby> 体	名 身體；體格	<ruby>からだ</ruby><ruby>こわ</ruby> 体を壊す。	生病。
<ruby>せい</ruby> 背	名 身高，身材	<ruby>せい</ruby><ruby>たか</ruby> 背が高い。	身材高大。
<ruby>こえ</ruby> 声	名 （人或動物的）聲音，語音	<ruby>こえ</ruby><ruby>あ</ruby> 声を上げる。	放聲說話。

お姉さんはやさしい。
／姉姉很溫柔。

2 家族（一）

🔊 T2／08

お祖父さん （じ　い）	名 祖父；外公；（對一般老年男子的稱呼）爺爺	お祖父さんから聞く。 （じ　い）　　　　（き）	從祖父那裡聽來的。
お祖母さん （ば　あ）	名 祖母；外祖母；（對一般老年婦女的稱呼）老婆婆	お祖母さんは元気だ。 （ば　あ）　　　（げん き）	祖母身體很好。
お父さん （とう）	名 （「父」的敬稱）爸爸，父親；您父親，令尊	お父さんによろしく。 （とう）	代我向您父親問好。
父 （ちち）	名 家父，爸爸，父親	父に似ている。 （ちち）（に）	我像爸爸。
お母さん （かあ）	名 （「母」的敬稱）媽媽，母親；您母親，令堂	お母さんが大好きだ。 （かあ）　　（だい す）	我喜歡母親。
母 （はは）	名 家母，媽媽，母親	母に叱られる。 （はは）（しか）	挨母親罵。
お兄さん （にい）	名 哥哥（「兄」的鄭重說法）	お兄さんは格好いい。 （にい）　　（かっこう）	哥哥很性格。
兄 （あに）	名 哥哥，家兄；姐夫	兄が好きだ。 （あに）（す）	喜歡哥哥。
お姉さん （ねえ）	名 姊姊（「姉」的鄭重說法）	お姉さんはやさしい。 （ねえ）	姊姊很溫柔。
姉 （あね）	名 姊姊，家姊；嫂子	姉は忙しい。 （あね）（いそが）	姊姊很忙。
弟 （おとうと）	名 弟弟（鄭重說法是「弟さん」）	弟に負ける。 （おとうと）（ま）	輸給弟弟。
妹 （いもうと）	名 妹妹（鄭重說法是「妹さん」）	妹は可愛い。 （いもうと）（かわい）	妹妹很可愛。
伯父さん／ （お じ） 叔父さん （お じ）	名 伯伯，叔叔，舅舅，姨丈，姑丈	伯父さんは厳しい。 （お じ）　　（きび）	伯伯很嚴格。
伯母さん／ （お ば） 叔母さん （お ば）	名 姨媽，嬸嬸，姑媽，伯母，舅媽	伯母さんが嫌いだ。 （お ば）　　（きら）	我討厭姨媽。

自分でやる。
／自己做。

T2/09

両親 りょうしん	名 父母，雙親	両親に会う。 りょうしん あ	見父母。
兄弟 きょうだい	名 兄弟；兄弟姊妹；親如兄弟 的人	兄弟げんか。 きょうだい	兄弟吵架。
家族 か ぞく	名 家人，家庭，親屬	家族が多い。 か ぞく おお	家人眾多。
ご主人 しゅじん	名（稱呼對方的）您的先生，您 的丈夫	主人のある女。 しゅじん おんな	有夫之婦。
奥さん おく	名 太太，尊夫人	奥さんによろしく。 おく	代我向您太太問好。
自分 じ ぶん	名 自己，本人，自身	自分でやる。 じ ぶん	自己做。
一人 ひ とり	名 一人；一個人；單獨一個人	一人で悩む。 ひ とり なや	單獨一人煩惱。
二人 ふ た り	名 兩個人，兩人	二人で分ける。 ふ た り わ	兩人平分。
皆さん みな	名 大家，各位	皆さんお静かに。 みな しず	請大家肅靜。
一緒 いっしょ	名・自サ 一同，一起； （時間）一齊	一緒に行く。 いっしょ い	一起去。
大勢 おおぜい	名 很多（人），眾多（人）； （人數）很多	大勢の人。 おおぜい ひと	人數眾多。

4 人物的稱呼

あなた あ
貴方に会う。
／跟你見面。

T2 10

私 わたし	名 我（謙遜的說法「わたくし」）	わたし うかが 私が伺います。	我去。
貴方 あなた	代（對長輩或平輩尊稱）你，您；（妻子叫先生）老公	あなた あ 貴方に会う。	跟你見面。
男 おとこ	名 男性，男子，男人	おとこ 男になる。	成為男子漢。
女 おんな	名 女人，女性，婦女	おんな つよ 女は強い。	女人很堅強。
男の子 おとこ こ	名 男孩子；年輕小伙子	おとこ こ う 男の子が生まれた。	生了小男孩。
女の子 おんな こ	名 女孩子；少女	おんな こ ほ 女の子が欲しい。	想生女孩子。
大人 お と な	名 大人，成人； 形動（兒童等）聽話，懂事	おとな 大人になる。	變成大人。
子供 こ ども	名 自己的兒女；小孩，孩子，兒童	こども う 子供を産む。	生小孩。
外国人 がいこくじん	名 外國人	がいこくじん ふ 外国人が増える。	外國人增多。
友達 ともだち	名 朋友，友人	ともだち 友達になる。	變成朋友。
人 ひと	名 人，人類	ひと おお 人が多い。	人很多。
方（方） かた がた	接尾 位，人（「人」的敬稱）	せんせいがた 先生方。	老師們。
さん	接尾（接在人名，職稱後表敬意或親切）…先生，…小姐	た なか 田中さん。	田中先生／小姐。

花が咲く。／花開。

そら 空	名 天空，空中；天氣	そら と 空を飛ぶ。	在天空飛翔。
やま 山	名 山；一大堆，成堆如山	やま のぼ 山に登る。	爬山。
かわ かわ 川／河	名 河川，河流	かわ なが 川が流れる。	河水流淌。
うみ 海	名 海，海洋	うみ わた 海を渡る。	渡海。
むら 村	名 村子	むら い 村に行く。	到村子去。
いわ 岩	名 岩石	いわ はこ 岩を運ぶ。	搬岩石。
き 木	名 樹，樹木；木材	き う 木を植える。	種樹。
とり 鳥	名 鳥，禽類的總稱；雞	とり と 鳥が飛ぶ。	鳥飛翔。
いぬ 犬	名 狗	いぬ ほ 犬が吠える。	狗叫。
ねこ 猫	名 貓	ねこ か 猫を飼う。	養貓。
はな 花	名 花	はな さ 花が咲く。	花開。
どうぶつ 動物	名 （生物兩大類之一的）動物； （人類以外的）動物	どうぶつ す 動物が好きだ。	喜歡動物。

風が涼しい。／風很涼爽。

6 季節氣象

T2 12

春 はる	名 春天，春季	春になる。 はる	到了春天。
夏 なつ	名 夏天，夏季	夏が来る。 なつ　く	夏天來臨。
秋 あき	名 秋天，秋季	読書の秋。 どくしょ　あき	適合閱讀的秋天。
冬 ふゆ	名 冬天，冬季	冬を過ごす。 ふゆ　す	過冬。
風 かぜ	名 風	風が吹く。 かぜ　ふ	風吹。
雨 あめ	名 雨	雨が止む。 あめ　や	雨停。
雪 ゆき	名 雪	雪が降る。 ゆき　ふ	下雪。
天気 てん　き	名 天氣；晴天，好天氣	天気がいい。 てん　き	天氣好。
暑い あつ	形 （天氣）熱，炎熱	部屋が暑い。 へ　や　あつ	房間很熱。
寒い さむ	形 （天氣）寒冷	冬は寒い。 ふゆ　さむ	冬天寒冷。
涼しい すず	形 涼爽，涼爽	風が涼しい。 かぜ　すず	風很涼爽。
曇る くも	自五 變陰；模糊不清（名詞形為「曇り」，陰天）	空が曇る。 そら　くも	天色變陰。
晴れ は	名 晴，晴天	雨のち晴れ。 あめ　は	雨後天晴。
晴れる は	自下一 （天氣）晴，（雨，雪）停止，放晴	空が晴れる。 そら　は	天氣放晴。

Topic 3 日常生活

1 身邊的物品

帽子_{ぼうし}をかぶる。
／戴帽子。

かばん 鞄	名 皮包，提包，公事包，書包	かばんを閉める。	關上皮包。
ぼうし 帽子	名 帽子	帽子をかぶる。	戴帽子。
ネクタイ 【necktie】	名 領帶	ネクタイを締める。	繫領帶。
ハンカチ 【handkerchief】	名 手帕	ハンカチを洗う。	洗手帕。
かさ 傘	名 雨傘	傘をさす。	撐傘。
めがね 眼鏡	名 眼鏡	眼鏡をかける。	戴眼鏡。
さいふ 財布	名 錢包	財布を落とす。	弄丟錢包。
たばこ 煙草	名 香煙；煙草	煙草を吸う。	抽煙。
はいざら 灰皿	名 煙灰缸	灰皿を取る。	拿煙灰缸。
マッチ 【match】	名 火柴；火材盒	マッチをつける。	點火柴。
スリッパ 【slipper】	名 拖鞋	スリッパを履く。	穿拖鞋。
くつ 靴	名 鞋子	靴を脱ぐ。	脫鞋子。
はこ 箱	名 盒子，箱子，匣子	箱に入れる。	放入箱子。
くつした 靴下	名 襪子	靴下を洗う。	洗襪子。

2 衣服

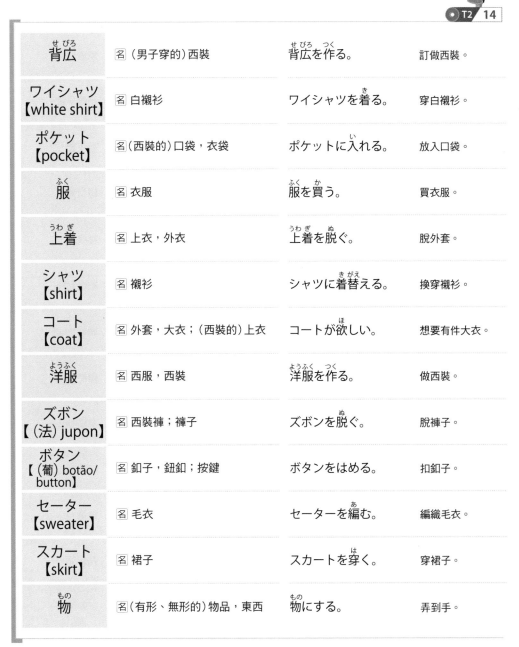

背広	名 （男子穿的）西裝	背広を作る。	訂做西裝。
ワイシャツ 【white shirt】	名 白襯衫	ワイシャツを着る。	穿白襯衫。
ポケット 【pocket】	名 （西裝的）口袋，衣袋	ポケットに入れる。	放入口袋。
服	名 衣服	服を買う。	買衣服。
上着	名 上衣，外衣	上着を脱ぐ。	脱外套。
シャツ 【shirt】	名 襯衫	シャツに着替える。	換穿襯衫。
コート 【coat】	名 外套，大衣；（西裝的）上衣	コートが欲しい。	想要有件大衣。
洋服	名 西服，西裝	洋服を作る。	做西裝。
ズボン 【(法) jupon】	名 西裝褲；褲子	ズボンを脱ぐ。	脱褲子。
ボタン 【(葡) botão/ button】	名 釦子，鈕釦；按鍵	ボタンをはめる。	扣釦子。
セーター 【sweater】	名 毛衣	セーターを編む。	編織毛衣。
スカート 【skirt】	名 裙子	スカートを穿く。	穿裙子。
物	名 （有形、無形的）物品，東西	物にする。	弄到手。

3 食物（一）

ご飯（はん）	名 米飯；飯食，餐	ご飯（はん）を食（た）べる。	吃飯。
朝（あさ）ご飯（はん）	名 早餐	朝（あさ）ご飯（はん）を抜（ぬ）く。	不吃早餐。
昼（ひる）ご飯（はん）	名 午餐	昼（ひる）ご飯（はん）を買（か）う。	買午餐。
晩（ばん）ご飯（はん）	名 晚餐	晩（ばん）ご飯（はん）を作（つく）る。	做晚餐。
夕飯（ゆうはん）	名 晚飯	夕飯（ゆうはん）をとる。	吃晚飯。
食（た）べ物（もの）	名 食物，吃的東西	食（た）べ物（もの）を売（う）る。	販賣食物。
飲（の）み物（もの）	名 飲料	飲（の）み物（もの）をください。	請給我飲料。
お弁当（べんとう）	名 便當	お弁当（べんとう）を作（つく）る。	做便當。
お菓子（かし）	名 點心，糕點	お菓子（かし）をつまむ。	拿點心吃。
飴（あめ）	名 糖果；麥芽糖	飴（あめ）を食（た）べる	吃糖。
料理（りょうり）	名 菜餚，飯菜；做菜，烹調	料理（りょうり）をする。	做菜。
食堂（しょくどう）	名 食堂，餐廳，飯館	食堂（しょくどう）に行（い）く。	去食堂。
買（か）い物（もの）	名 購物，買東西；要買的東西	買（か）い物（もの）する。	買東西。
パーティー【party】	名 （社交性的）集會，晚會，宴會，舞會	パーティーを開（ひら）く。	舉辦派對。

魚を釣る。
／釣魚。

4 食物（二）

T2 / 16

コーヒー 【（荷）koffie】	名 咖啡	コーヒーを飲む。	喝咖啡。
こうちゃ 紅茶	名 紅茶	紅茶を入れる。	泡紅茶。
ぎゅうにゅう 牛乳	名 牛奶	牛乳を搾る。	擠牛奶。
さけ 酒	名 酒（「酒」的鄭重說法）；清酒	酒を注ぐ。	倒酒。
にく 肉	名 肉	肉がつく。	長肉。
さかな 魚	名 （動物）魚；（食物）魚，魚肉	魚を釣る。	釣魚。
とりにく 鳥肉	名 雞肉；鳥肉	鳥肉を揚げる。	炸雞肉。
みず 水	名 水	水を飲む。	喝水。
ぎゅうにく 牛肉	名 牛肉	牛肉を煮る。	燉牛肉。
ぶたにく 豚肉	名 豬肉	豚肉を食べる。	吃豬肉。
ちゃ お茶	名 茶，茶葉；茶道	お茶を飲む。	喝茶。
パン 【（葡）pão】	名 麵包	パンを焼く。	烤麵包。
カレー 【curry】	名 咖哩	カレー料理が好き。	喜歡咖哩料理。
やさい 野菜	名 蔬菜，青菜	野菜を炒める。	炒菜。
たまご 卵	名 蛋，卵；鴨蛋，雞蛋	卵を割る。	敲開雞蛋殼。
くだもの 果物	名 水果，鮮果	果物を取る。	摘水果。

フォークを使（つか）う。
／使用叉子。

● T2 / 17

バター 【butter】	名 奶油	バターを塗（ぬ）る。	塗奶油。
醤油（しょうゆ）	名 醤油	醤油（しょうゆ）を入れる。	加醬油。
塩（しお）	名 鹽，食鹽；鹹度	塩（しお）をかける。	灑鹽。
砂糖（さとう）	名 砂糖	砂糖（さとう）をつける。	沾砂糖。
スプーン 【spoon】	名 湯匙	スプーンで食（た）べる。	用湯匙吃。
フォーク 【fork】	名 叉子，餐叉	フォークを使（つか）う。	使用叉子。
ナイフ 【knife】	名 刀子，小刀，餐刀	ナイフで切（き）る。	用刀切開。
お皿（さら）	名 盤子（「皿」的鄭重說法）	お皿（さら）を洗（あら）う。	洗盤子。
茶碗（ちゃわん）	名 茶杯，飯碗	茶碗（ちゃわん）に盛（も）る。	盛到碗裡。
グラス 【glass】	名 玻璃杯	グラスに注（そそ）ぐ。	倒入玻璃杯中。
箸（はし）	名 筷子，箸	箸（はし）で挟（はさ）む。	用筷子夾。
コップ 【（荷）kop】	名 杯子，玻璃杯，茶杯	コップで飲（の）む。	用杯子喝。
カップ 【cup】	名 杯子；（有把）茶杯	コーヒーカップ。	咖啡杯。

6 住家

家庭を持つ。／成家。

いえ 家	名 房子，屋；（自己的）家，家庭	いえ た 家を建てる。	蓋房子。
うち 家	名 家，家庭；房子；自己的家裡	うち かえ 家へ帰る。	回家。
か てい 家庭	名 家庭	か てい も 家庭を持つ。	成家。
にわ 庭	名 庭院，院子，院落	にわ あそ 庭で遊ぶ。	在院子裡玩。
ろう か 廊下	名 走廊	ろう か はし 廊下で走る。	在走廊上奔跑。
かぎ 鍵	名 鑰匙，鎖頭；關鍵	かぎ 鍵をかける。	上鎖。
プール 【pool】	名 游泳池	およ プールで泳ぐ。	在泳池內游泳。
アパート 【apartment house 之略】	名 公寓	す アパートに住む。	住公寓。
いけ 池	名 池塘，池子；（庭院中的）水池	いけ 池をつくる。	蓋水池。
もん 門	名 門，大門	もん たた 門を叩く。	敲門。
と 戸	名（大多指左右拉開的）門；大 門；窗戶	と し 戸を閉める。	關門。
い ぐち 入り口	名 入口，門口	い ぐち はい 入り口から入る。	從入口進去。
で ぐち 出口	名 出口	で ぐち で 出口を出る。	從出口出來。
ところ 所	名（所在的）地方，地點	べん り ところ 便利な所。	很方便的地點。

椅子に座る。
坐到椅子上。

つくえ 机	名 桌子，書桌	つくえ 机にむかう。	坐在書桌前。
い す 椅子	名 椅子	い す すわ 椅子に座る。	坐到椅子上。
へ や 部屋	名 房間；屋子	へ や よ やく 部屋を予約する。	預約房間。
しゃしん 写真	名 照片，相片，攝影	しゃしん と 写真を撮る。	照相。
まど 窓	名 窗戶	まど あ 窓を開ける。	開窗戶。
ベッド 【bed】	名 床，床舖	ね ベッドに寝る。	在床上睡。
シャワー 【shower】	名 淋浴；驟雨	あ シャワーを浴びる。	淋浴。
トイレ 【toilet】	名 廁所，洗手間，盥洗室	なが トイレを流す。	沖馬桶。
だいどころ 台所	名 廚房	だいどころ た 台所に立つ。	站在廚房。
げんかん 玄関	名 （建築物的）正門，前門，玄關	げんかん 玄関につく。	到了門口。
かいだん 階段	名 樓梯，階梯，台階	かいだん あ 階段を上がる。	上樓梯。
て あら お手洗い	名 廁所，洗手間，盥洗室	て あら い お手洗いに行く。	去洗手間。
ふ ろ 風呂	名 浴缸，澡盆；洗澡；洗澡熱水	ふ ろ はい 風呂に入る。	洗澡。

ほんだな なら
本棚に並べる。
／排放在書架上。

8　家電家具

3

日常生活

● T2 / 20

でん き 電気	名 電力；電燈；電器	でん き つ 電気を点ける。	開燈。
と けい 時計	名 鐘錶，手錶	と けい と 時計が止まる。	手錶停止不動。
でん わ 電話	名・自サ 電話；打電話	でん わ な 電話が鳴る。	電話鈴響。
ほんだな 本棚	名 書架，書櫥，書櫃	ほんだな なら 本棚に並べる。	排放在書架上。
れいぞう こ 冷蔵庫	名 冰箱，冷藏室，冷藏庫	れいぞう こ い 冷蔵庫に入れる。	放入冰箱。
か びん 花瓶	名 花瓶	か びん はな い 花瓶に花を生ける。	花瓶插花。
テーブル 【table】	名 桌子；餐桌，飯桌	テーブルにつく。	入座。
テープレコーダー 【tape recorder】	名 磁帶錄音機	テープレコーダーで き 聞く。	用錄音機收聽。
テレビ 【television】	名 電視	み テレビを見る。	看電視。
ラジオ 【radio】	名 收音機；無線電	つ ラジオを点ける。	開收音機。
せっけん 石鹸	名 香皂，肥皂	せっけん ぬ 石鹸を塗る。	抹香皂。
ストーブ 【stove】	名 火爐，暖爐	つ ストーブを点ける。	開暖爐。

9 交通工具

はし 橋	名 橋，橋梁	はし わた 橋を渡る。	過橋。
ち か てつ 地下鉄	名 地下鐵	ち か てつ の 地下鉄に乗る。	搭地鐵。
ひ こう き 飛行機	名 飛機	ひ こう き の 飛行機に乗る。	搭飛機。
こう さ てん 交差点	名 十字路口	こう さ てん わた 交差点を渡る。	過十字路口。
タクシー 【taxi】	名 計程車	ひろ タクシーを拾う。	攔計程車。
でんしゃ 電車	名 電車	でんしゃ い 電車で行く。	搭電車去。
えき 駅	名 (鐵路的) 車站	えき ま あ 駅で待ち合わせる。	約在車站等候。
くるま 車	名 車子的總稱，汽車	くるま うんてん 車を運転する。	開汽車。
じ どうしゃ 自動車	名 車，汽車	じ どうしゃ はこ 自動車で運ぶ。	開汽車搬運。
じ てんしゃ 自転車	名 腳踏車	じ てんしゃ の 自転車に乗る。	騎腳踏車。
バス【bus】	名 巴士，公車	ま バスを待つ。	等公車。
エレベーター 【elevator】	名 電梯，升降機	の エレベーターに乗る。	搭電梯。
まち 町	名 城鎮；街道；町	まち ある 町を歩く。	走在街上。
みち 道	名 路，道路	みち まよ 道に迷う。	迷路。

10 建築物

レストランで食事する。
／在餐廳用餐。

T2 22

みせ 店	名 店，商店，店鋪，攤子	みせ あ 店を開ける。	商店開門。
えいがかん 映画館	名 電影院	えいがかん み 映画館で見る。	在電影院看。
びょういん 病院	名 醫院	びょういん はい 病院に入る。	住院。
たいしかん 大使館	名 大使館	たいしかん れんらく 大使館に連絡する。	聯絡大使館。
きっさてん 喫茶店	名 咖啡店	きっさてん ひら 喫茶店を開く。	開咖啡店。
レストラン【(法)restaurant】	名 西餐廳	しょくじ レストランで食事する。	在餐廳用餐。
たてもの 建物	名 建築物，房屋	たてもの た 建物を建てる。	蓋建築物。
デパート【department store】	名 百貨公司	い デパートに行く。	去百貨公司。
やおや 八百屋	名 蔬果店，菜舖	やおや い 八百屋に行く。	去蔬果店。
こうえん 公園	名 公園	こうえん さんぽ 公園を散歩した。	去公園散步。
ぎんこう 銀行	名 銀行	ぎんこう あず 銀行に預ける。	存在銀行。
ゆうびんきょく 郵便局	名 郵局	ゆうびんきょく はたら 郵便局で働く。	在郵局工作。
ホテル【hotel】	名 (西式)飯店，旅館	と ホテルに泊まる。	住飯店。

11 娛樂嗜好

絵を描く。／畫圖。

T2/ 23

映画 えいが	名 電影	映画が始まる。 えいが はじ	電影開始播映。
音楽 おんがく	名 音樂	音楽を習う。 おんがく なら	學音樂。
レコード 【record】	名 唱片，黑膠唱片（圓盤形）	レコードを聴く。 き	聽唱片。
テープ 【tape】	名 膠布；錄音帶，卡帶	テープを貼る。 は	貼膠帶。
ギター 【guitar】	名 吉他	ギターを弾く。 ひ	彈吉他。
歌 うた	名 歌，歌曲	歌を歌う。 うた うた	唱歌。
絵 え	名 畫，圖畫，繪畫	絵を描く。 え えが	畫圖。
カメラ 【camera】	名 照相機；攝影機	カメラを買う。 か	買相機。
写真 しゃしん	名 照片，相片，攝影	写真を撮る。 しゃしん と	照相。
フィルム 【film】	名 底片，膠片；影片；電影	フィルムを入れる。 い	放入軟片。
ペット	名 寵物	ペットを飼う。 か	養寵物。
外国 がいこく	名 外國，外洋	外国に出かける。 がいこく で	出國。
国 くに	名 國家；國土；故鄉	国へ帰る。 くに かえ	回國。
荷物 にもつ	名 行李，貨物	荷物を運ぶ。 にもつ はこ	搬行李。

12 學校

言葉 <ruby>こと ば</ruby>	名 語言，詞語	言葉を話す。 <ruby>こと ば</ruby> <ruby>はな</ruby>	說話。
英語 <ruby>えいご</ruby>	名 英語，英文	英語ができる。 <ruby>えいご</ruby>	會說英語。
学校 <ruby>がっこう</ruby>	名 學校；（有時指）上課	学校に行く。 <ruby>がっこう</ruby> <ruby>い</ruby>	去學校。
大学 <ruby>だいがく</ruby>	名 大學	大学に入る。 <ruby>だいがく</ruby> <ruby>はい</ruby>	進大學。
教室 <ruby>きょうしつ</ruby>	名 教室；研究室	教室で授業をする。 <ruby>きょうしつ</ruby> <ruby>じゅぎょう</ruby>	在教室上課。
クラス 【class】	名 階級，等級；（學校的）班級	クラスを分ける。 <ruby>わ</ruby>	分班。
授業 <ruby>じゅぎょう</ruby>	名 上課，教課，授課	授業に出る。 <ruby>じゅぎょう</ruby> <ruby>で</ruby>	上課。
図書館 <ruby>と しょかん</ruby>	名 圖書館	図書館で勉強する。 <ruby>と しょかん</ruby> <ruby>べんきょう</ruby>	在圖書館唸書。
スポーツ 【sports】	名 運動	室内スポーツ。 <ruby>しつない</ruby>	室內運動。
ニュース 【news】	名 新聞，消息	ニュースを見る。 <ruby>み</ruby>	看新聞。
話 <ruby>はなし</ruby>	名 話，說話，講話	話を変える。 <ruby>はなし</ruby> <ruby>か</ruby>	轉換話題。
病気 <ruby>びょう き</ruby>	名 生病，疾病	病気が治る。 <ruby>びょう き</ruby> <ruby>なお</ruby>	生病痊癒。
風邪 <ruby>か ぜ</ruby>	名 感冒，傷風	風邪を引く。 <ruby>か ぜ</ruby> <ruby>ひ</ruby>	感冒了。
薬 <ruby>くすり</ruby>	名 藥，藥品	薬を飲む。 <ruby>くすり</ruby> <ruby>の</ruby>	吃藥。

留学生と交流する。
／和留學生交流。

🔊 T2 / 25

もんだい 問題	名 問題；（需要研究，處理，討論的）事項	もんだい こた 問題に答える。	回答問題。
しゅくだい 宿題	名 作業，家庭作業	しゅくだい 宿題をする。	寫作業。
テスト 【test】	名 考試，試驗，檢查	テストを受ける。	應考。
い み 意味	名 （詞句等）意思，含意	い み しら 意味を調べる。	查含意。
な まえ 名前	名 （事物與人的）名字，名稱	な まえ か 名前を書く。	寫名字。
ばんごう 番号	名 號碼，號數	ばんごう しら 番号を調べる。	查號碼。
かた か な 片仮名	名 片假名	かた か な か 片仮名で書く。	用片假名寫。
ひら が な 平仮名	名 平假名	ひら が な か 平仮名で書く。	用平假名寫。
かん じ 漢字	名 漢字	かん じ まな 漢字を学ぶ。	學漢字。
さくぶん 作文	名 作文	さくぶん か 作文を書く。	寫作文。
ぶんしょう 文章	名 文章	ぶんしょう か 文章を書く。	寫文章。
りゅうがくせい 留学生	名 留學生	りゅうがくせい こうりゅう 留学生と交流する。	和留學生交流。
なつやす 夏休み	名 暑假	なつやす はじ 夏休みが始まる。	放暑假。
やす 休み	名 休息，假日；休假，停止營業	やす と 休みを取る。	請假。

14 文具用品

しんぶん　　　よ
新聞を読む。
／看報紙。

T2 / 26

お金 かね	名 錢，貨幣	お金を貯める。 かね　　　た	存錢。
ボールペン 【ball-point pen】	名 原子筆，鋼珠筆	ボールペンで書く。 か	用原子筆寫。
万年筆 まんねんひつ	名 鋼筆	万年筆を使う。 まんねんひつ　　つか	使用鋼筆。
コピー 【copy】	名 拷貝，複製，副本	コピーをする。	影印。
字引 じびき	名 字典，辭典	字引を引く。 じびき　　ひ	查字典。
ペン【pen】	名 筆，原子筆，鋼筆	ペンで書く。 か	用鋼筆寫。
新聞 しんぶん	名 報紙	新聞を読む。 しんぶん　　よ	看報紙。
本 ほん	名 書，書籍	本を読む。 ほん　　よ	看書。
ノート 【notebook】	名 筆記本；備忘錄	ノートを取る。 と	寫筆記。
鉛筆 えんぴつ	名 鉛筆	鉛筆を削る。 えんぴつ　　けず	削鉛筆。
辞書 じしょ	名 字典，辭典	辞書を調べる。 じしょ　　しら	查字典。
雑誌 ざっし	名 雑誌，期刊	雑誌を読む。 ざっし　　よ	閲讀雑誌。
紙 かみ	名 紙	紙に書く。 かみ　か	寫在紙上。

15 工作及郵局

せいと ふ
生徒が増える。
／學生增加。

T2 27

せいと 生徒	名 (中學、高中) 學生	せいと ふ 生徒が増える。	學生增加。
せんせい 先生	名 老師，師傅；醫生，大夫	せんせい 先生になる。	當老師。
がくせい 学生	名 學生 (主要指大專院校的學生)	がくせい おし 学生を教える。	教學生。
いしゃ 医者	名 醫生，大夫	いしゃ 医者にかかる。	看病。
まわ お巡りさん	名 (俗稱) 警察，巡警	まわ き お巡りさんに聞く。	問警察先生。
かいしゃ 会社	名 公司；商社	かいしゃ い 会社に行く。	去公司。
しごと 仕事	名 工作；職業	しごと やす 仕事を休む。	工作請假。
けいかん 警官	名 警官，警察	けいかん よ 警官を呼ぶ。	叫警察。
は がき 葉書	名 明信片	だ はがきを出す。	寄明信片。
きって 切手	名 郵票	きって は 切手を貼る。	貼郵票。
て がみ 手紙	名 信，書信，函	て がみ か 手紙を書く。	寫信。
ふうとう 封筒	名 信封，封套	ふうとう あ 封筒を開ける。	拆信。
きっ ぷ 切符	名 票，車票	きっ ぷ き 切符を切る。	剪票。
ポスト 【post】	名 郵筒，信箱	い ポストに入れる。	投入郵筒。

16 方向位置

東を向く。／朝向東方。

T2 / 28

ひがし 東	名 東，東方，東邊	ひがし む 東を向く。	朝向東方。
にし 西	名 西，西邊，西方	にし ま 西に曲がる。	轉向西方。
みなみ 南	名 南，南方，南邊	みなみ い 南へ行く。	往南走。
きた 北	名 北，北方，北邊	きた む 北向き。	朝北。
うえ 上	名（位置）上面，上部	うえ む 上を向く。	往上看。
した 下	名（位置的）下，下面，底下； 年紀小	した お 下へ落ちる。	往下掉。
ひだり 左	名 左，左邊；左手	ひだり ま 左へ曲がる。	向左轉。
みぎ 右	名 右，右側，右邊，右方	みぎ い 右へ行く。	往右走。
そと 外	名 外面，外邊；戶外	そと あそ 外で遊ぶ。	在外面玩。
なか 中	名 裡面，內部	なか はい 中に入る。	進去裡面。
まえ 前	名（空間的）前，前面	まえ すす 前へ進む。	往前進。
うし 後ろ	名 後面；背面，背地裡	うし み 後ろを見る。	看後面。
む 向こう	名 對面，正對面；另一側；那邊	む つ 向こうに着く。	到那邊。
あっち	名 那兒，那裡；那位，那個	い あっち行け。	滾到那邊去。
そっち	代 那兒，那裡；那位，那個	い そっちへ行こう。	到那裡吧！
ちず 地図	名 地圖	ちず しら 地図で調べる。	用地圖查詢。

横になる。／躺下。

17 位置、距離、重量等

● T2 / 29

<ruby>隣<rt>となり</rt></ruby>	名 鄰居，鄰家；隔壁，旁邊；鄰近，附近	<ruby>隣<rt>となり</rt></ruby>に<ruby>住<rt>す</rt></ruby>む。	住在隔壁。
<ruby>側<rt>そば</rt></ruby>／<ruby>傍<rt>そば</rt></ruby>	名 旁邊，側邊；附近	そばに<ruby>置<rt>お</rt></ruby>く。	放在身邊。
<ruby>横<rt>よこ</rt></ruby>	名 橫；寬；側面；旁邊	<ruby>横<rt>よこ</rt></ruby>になる。	躺下。
<ruby>縦<rt>たて</rt></ruby>	名 縱，豎	<ruby>縦<rt>たて</rt></ruby>に<ruby>書<rt>か</rt></ruby>く。	豎著寫。
<ruby>角<rt>かど</rt></ruby>	名 角；（道路的）拐角，角落	<ruby>角<rt>かど</rt></ruby>を<ruby>曲<rt>ま</rt></ruby>がる。	轉彎。
<ruby>近<rt>ちか</rt></ruby>く	名 附近，近旁；（時間上）近期，靠近	<ruby>近<rt>ちか</rt></ruby>くにある。	在附近。
<ruby>辺<rt>へん</rt></ruby>	名 附近，一帶；程度，大致	この<ruby>辺<rt>へん</rt></ruby>。	這一帶。
<ruby>先<rt>さき</rt></ruby>	名 先，早；頂端，尖端；前頭，最前端	<ruby>先<rt>さき</rt></ruby>に<ruby>着<rt>つ</rt></ruby>く。	先到。
キロ（グラム）【（法）kilo (gramme)】	名 千克，公斤	10 キロを<ruby>超<rt>こ</rt></ruby>える。	超過 10 公斤。
キロ（メートル）【（法）kilo(mètre)】	名 一千公尺，一公里	10 キロを<ruby>歩<rt>ある</rt></ruby>く。	走 10 公里。
メートル【mètre】	名 公尺，米	100 メートルを<ruby>計<rt>はか</rt></ruby>る。	測 100 公尺。
<ruby>半分<rt>はんぶん</rt></ruby>	名 半，一半，二分之一	<ruby>半分<rt>はんぶん</rt></ruby>に<ruby>分<rt>わ</rt></ruby>ける。	分一半。
<ruby>次<rt>つぎ</rt></ruby>	名 下次，下回，接下來；第二，其次	<ruby>次<rt>つぎ</rt></ruby>の<ruby>駅<rt>えき</rt></ruby>。	下一站。
<ruby>幾<rt>いく</rt></ruby>ら	名 多少（錢，價格，數量等）	いくらですか。	多少錢？

Topic 4 表示狀態的形容詞

1 意思相對的

🔊 T2 30

^{あつ}熱い	形 （溫度）熱的，燙的	^{あつ}熱い^{ちゃ}お茶。	熱茶。
^{つめ}冷たい	形 冷，涼；冷淡，不熱情	^{つめ}冷たい^{かぜ}風。	冷風。
^{あたら}新しい	形 新的；新鮮的；時髦的	^{あたら}新しい^{いえ}家。	新家。
^{ふる}古い	形 以往；老舊，年久，老式	^{ふる}古い^{はなし}話。	往事。
^{あつ}厚い	形 厚；（感情，友情）深厚，優厚	^{あつ}厚い^{くも}雲。	雲層厚。
^{うす}薄い	形 薄；淡，淺；待人冷淡；稀少	^{うす}薄い^{かみ}紙。	薄紙。
^{あま}甘い	形 甜的；甜蜜的；（口味）淡的	^{あま}甘い^{かし}菓子。	甜點心。
^{から}辛い／^{から}鹹い	形 辣，辛辣；嚴格；鹹的	^{から}辛い^{りょうり}料理。	辣的菜。
^い良い／^よ良い	形 好，佳，良好；可以	^い良い^{ひと}人。	好人。
^{わる}悪い	形 不好，壞的；不對，錯誤	^{あたま}頭が^{わる}悪い。	頭腦差。
^{いそが}忙しい	形 忙，忙碌	^{しごと}仕事が^{いそが}忙しい。	工作繁忙。
^{ひま}暇	名・形動 時間，功夫；空閒時間，暇餘	^{ひま}暇がある。	有空。
^{きら}嫌い	形動 嫌惡，厭惡，不喜歡	^{べんきょう}勉強が^{きら}嫌い。	討厭唸書。

美味しい料理。

／佳餚。

T2 31

好き	形動 喜好，愛好；愛，產生感情	運動が好き。	喜歡運動。
美味しい	形 美味的，可口的，好吃的	おいしい料理。	佳餚。
不味い	形 不好吃，難吃	食事がまずい。	菜很難吃。
多い	形 多，多的	宿題が多い。	很多功課。
少ない	形 少，不多	友達が少ない。	朋友很少。
大きい	形 （數量，體積等）大，巨大；（程度，範圍等）大，廣大	非常に大きい。	非常大。
小さい	形 小的；微少，輕微；幼小的	小さい子供。	年幼的孩子。
重い	形 （份量）重，沉重	気が重い。	心情沉重。
軽い	形 輕的，輕巧的；（程度）輕微的；快活	体重が軽い。	體重輕。
面白い	形 好玩，有趣；新奇，別有風趣	漫画が面白い。	漫畫很有趣。
つまらない	形 無趣，沒意思；無意義	テレビがつまらない。	電視很無趣。
汚い	形 骯髒；（看上去）雜亂無章，亂七八糟	手が汚い。	手很髒。
綺麗	形動 漂亮，好看；整潔，乾淨	きれいな花。	漂亮的花朵。

206

しず 静か	形動 靜止；平靜，沈穩；慢慢，輕輕	しず 静かになる。	變安靜。
にぎ 賑やか	形動 熱鬧，繁華；有說有笑，鬧哄哄	にぎやかな町。	熱鬧的大街。
じょうず 上手	形動（某種技術等）擅長，高明，厲害	りょうり じょうず 料理が上手。	很會作菜。
へ た 下手	名・形動（技術等）不高明，不擅長，笨拙	じ へ た 字が下手。	寫字不好看。
せま 狭い	形 狹窄，狹小，狹隘	へ や せま 部屋が狭い。	房間很窄小。
ひろ 広い	形（面積，空間）廣大，寬廣；（幅度）寬闊；（範圍）廣泛	にわ ひろ 庭が広い。	庭院很大。
たか 高い	形（價錢）貴；高，高的	ね だん たか 値段が高い。	價錢昂貴。
ひく 低い	形 低，矮；卑微，低賤	せ ひく 背が低い。	個子矮小。
ちか 近い	形（距離，時間）近，接近；靠近；相似	えき ちか 駅に近い。	離車站近。
とお 遠い	形（距離）遠；（關係）遠，疏遠；（時間間隔）久遠	がっこう とお 学校に遠い。	離學校遠。
つよ 強い	形 強悍，有力；強壯	ちから つよ 力が強い。	力量大。
よわ 弱い	形 弱的，不擅長	からだ よわ 体が弱い。	身體虛弱。
なが 長い	形（時間、距離）長，長久，長遠	さき なが 先が長い。	來日方長。

やさしい本。
／簡單易懂的書。

T2 / 33

短い みじか	形（時間）短少；（距離，長度等）短，近	髪が短い。 かみ みじか	頭髮短。
太い ふと	形 粗，肥胖	線が太い。 せん ふと	線條粗。
細い ほそ	形 細，細小；狹窄；微少	体が細い。 からだ ほそ	身材纖細。
難しい むずか	形 難，困難，難辦； 麻煩，複雜	問題が難しい。 もんだい むずか	問題很難。
やさしい	形 簡單，容易，易懂	やさしい本。 ほん	簡單易懂的書。
明るい あか	形 明亮，光明的；鮮明；爽朗	部屋が明るい。 へ や あか	明亮的房間。
暗い くら	形（光線）暗，黑暗； （顏色）發暗	表情が暗い。 ひょうじょう くら	表情沈重。
速い はや	形（速度等）快速	足が速い。 あし はや	走路很快。
遅い おそ	形（速度上）慢，遲緩；（時間上） 遲，晚；趕不上	反応が遅い。 はんのう おそ	反應很慢。

2 其他形容詞

楽しい時間。
／歡樂的時光。

T2 34

4 表示狀態的形容詞

暖かい／温かい	形 溫暖的，溫和的	暖かい天気。	天氣溫暖。
温い	形 微溫，不涼不熱	風呂が温い。	浴池的水不夠熱。
危ない	形 危險，不安全；（形勢，病情等）危急	命が危ない。	命在旦夕。
痛い	形 疼痛	お腹が痛い。	肚子痛。
可愛い	形 可愛，討人喜愛；小巧玲瓏	人形が可愛い。	娃娃很可愛。
楽しい	形 快樂，愉快，高興	楽しい時間。	歡樂的時光。
欲しい	形 想要	彼女が欲しい。	想要有女朋友。
無い	形 沒，沒有；無，不在	お金が無い。	沒錢。
早い	形 （時間等）迅速，早	早く起きる。	早起。
丸い／円い	形 圓形，球形	月が丸い。	月圓。
安い	形 便宜，（價錢）低廉	値段が安い。	價錢便宜。
若い	形 年輕，年紀小，有朝氣	若く見える。	看起來年輕。

209

げん き
元気がいい。
／有精神。

Part 2

3　其他形容動詞

T2 / 35

いや 嫌	形動 討厭，不喜歡，不願意； 厭煩	いや やつ 嫌な奴。	討人厭的傢伙。
いろいろ 色々	形動 各種各樣，各式各樣，形形 色色	しなもの いろいろな品物。	各式各樣的物品。
おな 同じ	形動 相同的，一樣的，同等的； 同一個	おな かんが 同じ考え。	同樣的想法。
けっこう 結構	形動 很好，漂亮；可以，足夠； （表示否定）不要	けっこう はなし 結構な話。	好消息。
げん き 元気	形動 精神，朝氣；健康；（萬物 生長的）元氣	げん き 元気がいい。	有精神。
じょう ぶ 丈夫	形動 （身體）健壯，健康；堅 固，結實	からだ じょう ぶ 体が丈夫になる。	身體變強壯。
だいじょう ぶ 大丈夫	形動 牢固，可靠；放心；沒問 題，沒關係	た だいじょう ぶ 食べても大丈夫。	可放心食用。
だい す 大好き	形動 非常喜歡，最喜好	あま だい す 甘いものが大好き。	最喜歡甜食。
たいせつ 大切	形動 重要，重視；心愛，珍惜	たいせつ 大切にする。	珍惜。
たいへん 大変	形動 重大，嚴重，不得了	たいへん め 大変な目にあう。	倒大霉。
べん り 便利	形動 方便，便利	べん り どう ぐ 便利な道具。	方便的道具。
ほんとう 本当	名・形動 真正	ほんとう はなし 本当の話。	真話。
ゆうめい 有名	形動 有名，聞名，著名	ゆうめい 有名なレストラン。	有名的餐廳。
りっ ぱ 立派	形動 了不起，出色，優秀； 漂亮，美觀	りっ ぱ たてもの 立派な建物。	氣派的建築物。

210

Topic 5　表示動作的動詞

1　意思相對的

歩いていく。／走去。

●T2 / 36

飛^とぶ	自五 飛，飛行，飛翔	鳥^{とり}が飛^とぶ。	鳥飛翔。
歩^{ある}く	自五 走路，步行	歩^{ある}いていく。	走去。
入^いれる	他下一 放入，裝進；送進，收容	箱^{はこ}に入^いれる。	放入箱內。
出^だす	他五 拿出，取出；伸出；寄出	お金^{かね}を出^だす。	出錢。
行^いく／行^ゆく	自五 去，往；行，走；離去；經過，走過	会社^{かいしゃ}へ行^いく。	去公司。
来^くる	自力 （空間，時間上的）來，到來	電車^{でんしゃ}が来^くる。	電車抵達。
売^うる	他五 賣，販賣；出賣	商品^{しょうひん}を売^うる。	販賣商品。
買^かう	他五 購買	本^{ほん}を買^かう。	買書。
押^おす	他五 推，擠；壓，按	ボタンを押^おす。	按按鈕。
引^ひく	他五 拉，拖；翻查；感染	線^{せん}を引^ひく。	拉線。
降^おりる	自上一 （從高處）下來，降落；（從車，船等）下來；（霜雪等）落下	階段^{かいだん}を降^おりる。	下樓梯。
乗^のる	自五 騎乘，坐；登上	車^{くるま}に乗^のる。	坐車。
貸^かす	他五 借出，借給；出租；提供（智慧與力量）	お金^{かね}を貸^かす。	借錢給別人。

りょこう で
旅行に出かける。
／出門去旅行。

か 借りる	他上一 借（進來）；借	ほん か 本を借りる。	借進書。
すわ 座る	自五 坐，跪座	い す すわ 椅子に座る。	坐到椅子上。
た 立つ	自五 站立；冒，升；出發	たび た 旅に立つ。	出外旅行。
た 食べる	他下一 吃，喝	はん た ご飯を食べる。	吃飯。
の 飲む	他五 喝，呑，嚥，吃（藥）	くすり の 薬を飲む。	吃藥。
で か 出掛ける	自下一 出去，出門；要出去；到 …去	りょこう で か 旅行に出掛ける。	出門去旅行。
かえ 帰る	自五 回來，回去；回歸；歸還	いえ かえ 家に帰る。	回家。
で 出る	自下一 出來，出去，離開	でん わ で 電話に出る。	接電話。
はい 入る	自五 進，進入，裝入	みみ はい 耳に入る。	聽到。
お 起きる	自上一 （倒著的東西）起來，立起 來；起床	ろくじ お 6時に起きる。	六點起床。
ね 寝る	自下一 睡覺，就寢；躺，臥	ね よく寝る。	睡得好。
ぬ 脱ぐ	他五 脫去，脫掉，摘掉	くつ ぬ 靴を脱ぐ。	脫鞋子。
き 着る	他上一 （穿）衣服	うわぎ き 上着を着る。	穿外套。
やす 休む	自五 休息，歇息，停歇；睡， 就寢	がっこう やす 学校を休む。	向學校請假。

しょうせつ　よ
小説を読む。（看小説。）

はたら 働く	自五 工作，勞動，做工	かいしゃ　はたら 会社で働く。	在公司上班。
う 生まれる	自下一 出生	こ ども　う 子供が生まれる。	孩子出生。
し 死ぬ	自五 死亡；停止活動	こうつう じ こ　し 交通事故で死ぬ。	因交通事故死亡。
おぼ 覚える	他下一 記住，記得；學會，掌握	たん ご　おぼ 単語を覚える。	記單字。
わす 忘れる	他下一 忘記，忘掉；忘懷，忘卻；遺忘	しゅくだい　わす 宿題を忘れる。	忘記寫功課。
おし 教える	他下一 指導，教導；教訓；指教，告訴	に ほん ご　おし 日本語を教える。	教日語。
なら 習う	他五 學習，練習	せんせい　なら 先生に習う。	向老師學習。
よ 読む	他五 閱讀，看；唸，朗讀	しょうせつ　よ 小説を読む。	看小說。
か　　か 書く／描く	他五 寫，書寫；作（畫）；寫作（文章等）	て がみ　か 手紙を書く。	寫信。
わ 分かる	自五 知道，明白；懂，會，瞭解	い み 意味がわかる。	明白意思。
こま 困る	自五 感到傷腦筋，困擾；難受，苦惱；沒有辦法	へん じ　こま 返事に困る。	難以回覆。
き 聞く	他五 聽；聽說，聽到；聽從	はなし　き 話を聞く。	聽對方講話。
はな 話す	他五 說，講；告訴（別人），敘述	えい ご　はな 英語を話す。	說英語。

213

2 有自他動詞的

眼鏡を掛ける。
／戴眼鏡。

開く	自五 打開，開（著）；開業	窓が開く。	窗戶開了。
開ける	他下一 打開；開始	ふたを開ける。	開蓋子。
掛かる	自五 懸掛，掛上；覆蓋	壁に掛かる。	掛在牆上。
掛ける	他下一 掛在（牆壁）；戴上（眼鏡）；捆上	眼鏡を掛ける。	戴眼鏡。
消える	自下一 （燈，火等）熄滅；（雪等）融化；消失，看不見	火が消える。	火熄。
消す	他五 熄掉，撲滅；關掉，弄滅；消失，抹去	電気を消す。	關電燈。
閉まる	自五 關閉	ドアが閉まる。	門關了起來。
閉める	他下一 關閉，合上；繫緊，束緊	窓を閉める。	關窗戶。
並ぶ	自五 並排，並列，對排	横に並ぶ。	排在旁邊。
並べる	他下一 排列，陳列；擺，擺放	靴を並べる。	排鞋子。
始まる	自五 開始，開頭；發生	授業が始まる。	開始上課。
始める	他下一 開始，創始	仕事を始める。	開始工作。

3 する動詞

けっこん いわ
結婚を祝う。／祝賀結婚。

する	自他サ 做，進行	りょうり 料理をする。	做料理。
せんたく 洗濯・する	名・他サ 洗衣服，清洗，洗滌	せんたく 洗濯ができた。	衣服洗好了。
そうじ 掃除・する	名・他サ 打掃，清掃，掃除	にわ そうじ 庭を掃除する。	清掃庭院。
りょこう 旅行・する	名・自サ 旅行，旅遊，遊歷	せかい りょこう 世界を旅行する。	環遊世界。
さんぽ 散歩・する	名・自サ 散步，隨便走走	こうえん さんぽ 公園を散歩する。	在公園散步。
べんきょう 勉強・する	名・他サ 努力學習，唸書	べんきょう 勉強ができる。	會讀書。
れんしゅう 練習・する	名・他サ 練習，反覆學習	れんしゅう かさ 練習を重ねる。	反覆練習。
けっこん 結婚・する	名・自サ 結婚	けっこん いわ 結婚を祝う。	祝賀結婚。
しつもん 質問・する	名・自サ 提問，問題，疑問	しつもん こた 質問に答える。	回答問題。

海で泳ぐ。
／在海中游泳。

T2 41

会う	自五 見面，遇見，碰面	両親に会う。	跟父母親見面。
上げる／挙げる	他下一 送給；舉起	手を上げる。	舉手。
遊ぶ	自五 遊玩；遊覽，消遣	京都に遊ぶ。	遊京都。
浴びる	他上一 淋，浴，澆；照，曬	シャワーを浴びる。	淋浴。
洗う	他五 沖洗，清洗；（徹底）調查，查（清）	顔を洗う。	洗臉。
在る／有る	自五 在，存在；有，持有，具有	台所にある。	在廚房。
言う	他五 說，講；說話，講話	お礼を言う。	道謝。
居る	自上一 （人或動物的存在）有，在；居住	子供がいる。	有小孩。
要る	自五 要，需要，必要	時間がいる。	需要花時間。
歌う	他五 唱歌；歌頌	歌を歌う。	唱歌。
置く	他五 放，放置；降，下	テーブルに置く。	放桌上。
泳ぐ	自五 （人，魚等在水中）游泳；穿過，度過	海で泳ぐ。	在海中游泳。
終わる	自五 完畢，結束，終了	一日が終わる。	一天過去。

返す かえ	他五 還，歸還，退還；送回（原處）	借金を返す。 しゃっきん かえ	還債。
掛ける か	他下一 打電話	電話を掛ける。 でん わ か	打電話。
被る かぶ	他五 戴（帽子等）；（從頭上）蒙，蓋（被子）；（從頭上）套	帽子をかぶる。 ぼうし	戴帽子。
切る き	他五 切，剪，裁剪；切傷	髪を切る。 かみ き	剪頭髮。
下さい くだ	補助 （表請求對方作）請給（我）；請…	手紙をください。 て がみ	寫信。
答える こた	自下一 回答，答覆，解答	疑問に答える。 ぎ もん こた	解答疑問。
咲く さ	自五 開（花）	花が咲く。 はな さ	開花。
差す さ	他五 撐（傘等）；插	傘をさす。 かさ	撐傘。
締める し	他下一 勒緊；繫著	ネクタイを締める。 し	打領帶。
知る し	他五 知道，得知；理解；認識；學會	恥を知る。 はじ し	知恥。
吸う す	他五 吸，抽；啜；吸收	煙草を吸う。 たばこ す	抽煙。
住む す	自五 住，居住；（動物）棲息，生存	アパートに住む。 す	住公寓。

かいしゃ　つと
会社に勤める。／在公司上班。

T2 / 43

たの 頼む	他五 請求，要求；委託，託付； 依靠	ようじ　たの 用事を頼む。	拜託事情。
ちが 違う	自五 不同，差異；錯誤；違反， 不符	しゅうかん　ちが 習慣が違う。	習慣不同。
つか 使う	他五 使用；雇傭；花費	あたま　つか 頭を使う。	動腦。
つか 疲れる	自下一 疲倦，疲勞	からだ　つか 体が疲れる。	身體疲累。
つ 着く	自五 到，到達，抵達；寄到	もくてきち　つ 目的地に着く。	到達目的地。
つく 作る	他五 做，造；創造；寫，創作	ぶんしょう　つく 文章を作る。	寫文章。
つ 点ける	他下一 點(火)，點燃；扭開 (開關)，打開	ひ　つ 火を点ける。	點火。
つと 勤める	自下一 工作，任職；擔任(某職 務)	かいしゃ　つと 会社に勤める。	在公司上班。
でき 出来る	自上一 能，可以，辦得到；做 好，做完	したく 支度ができる。	準備完畢。
と 止まる	自五 停，停止，停靠；停息，停頓	とけい　と 時計が止まる。	時鐘停了。
と 取る	他五 拿取，執，握；採取，摘； (用手)操控	て　と 手を取る。	拉手。
と 撮る	他五 拍照，拍攝	しゃしん　と 写真を撮る。	照相。
な 鳴く	自五 (鳥，獸，蟲等)叫，鳴	とり　な 鳥が鳴く。	鳥叫。

218

風が吹く。／颱風。

● T2 44

無くす	他五 失去，喪失	財布を無くす。	弄丟錢包。
為る	自五 成為，變成；當（上）	金持ちになる。	變有錢人。
登る	自五 登，上；攀登（山）	山に登る。	爬山。
履く／穿く	他五 穿（鞋，襪；褲子等）	靴を履く。	穿鞋子。
走る	自五（人，動物）跑步，奔跑；（車，船等）行駛	一生懸命に走る。	拼命地跑。
貼る	他五 貼上，糊上，黏上	切手を貼る。	貼郵票。
弾く	他五 彈，彈奏，彈撥	ピアノを弾く。	彈鋼琴。
吹く	自五（風）刮，吹；（緊縮嘴唇）吹氣	風が吹く。	颱風。
降る	自五 落，下，降（雨，雪，霜等）	雨が降る。	下雨。
曲がる	自五 彎曲；拐彎	左に曲がる。	左轉。
待つ	他五 等候，等待；期待，指望	バスを待つ。	等公車。
磨く	他五 刷洗，擦亮；研磨，琢磨	歯を磨く。	刷牙。
見せる	他下一 讓…看，給…看；表示，顯示	定期券を見せる。	出示月票。

見^みる	他上一 看，觀看，察看；照料；參觀	テレビを見^みる。	看電視。
申^{もう}す	他五 叫做，稱；說，告訴	山田^{やまだ}と申^{もう}す。	（我）叫做山田。
持^もつ	他五 拿，帶，持，攜帶	荷物^{にもつ}を持^もつ。	拿行李。
やる	他五 做，幹；派遣，送去；維持生活；開業	水^{みず}をやる。	澆水。
呼^よぶ	他五 呼叫，招呼；喚來，叫來；叫做，稱為	タクシーを呼^よぶ。	叫計程車。
渡^{わた}る	自五 渡，過（河）；（從海外）渡來	道^{みち}を渡^{わた}る。	過馬路。
渡^{わた}す	他五 交給，交付	書類^{しょるい}を渡^{わた}す。	交付文件。

<ruby>一昨日<rt>おととい</rt></ruby>	名 前天	<ruby>一昨日<rt>おととい</rt></ruby>の<ruby>朝<rt>あさ</rt></ruby>。	前天早上。
<ruby>昨日<rt>きのう</rt></ruby>	名 昨天；近來，最近；過去	<ruby>昨日<rt>きのう</rt></ruby>は<ruby>雨<rt>あめ</rt></ruby>だ。	昨天下雨。
<ruby>今日<rt>きょう</rt></ruby>	名 今天	<ruby>今日<rt>きょう</rt></ruby>は<ruby>晴<rt>は</rt></ruby>れる。	今天天晴。
<ruby>今<rt>いま</rt></ruby>	名 現在，此刻；（表最近的將來）馬上；剛才	<ruby>今<rt>いま</rt></ruby>の<ruby>若者<rt>わかもの</rt></ruby>。	時下的年輕人。
<ruby>明日<rt>あした</rt></ruby>	名 明天	<ruby>明日<rt>あした</rt></ruby>の<ruby>朝<rt>あさ</rt></ruby>。	明天早上。
<ruby>明後日<rt>あさって</rt></ruby>	名 後天	<ruby>明後日<rt>あさって</rt></ruby>に<ruby>返<rt>かえ</rt></ruby>す。	後天歸還。
<ruby>毎日<rt>まいにち</rt></ruby>	名 每天，每日，天天	<ruby>毎日出勤<rt>まいにちしゅっきん</rt></ruby>する。	天天上班。
<ruby>朝<rt>あさ</rt></ruby>	名 早上，早晨	<ruby>朝<rt>あさ</rt></ruby>になる。	天亮。
<ruby>今朝<rt>けさ</rt></ruby>	名 今天早上	<ruby>今朝届<rt>けさとど</rt></ruby>く。	今天早上送達。
<ruby>毎朝<rt>まいあさ</rt></ruby>	名 每天早上	<ruby>毎朝散歩<rt>まいあささんぽ</rt></ruby>する。	每天早上散步。
<ruby>昼<rt>ひる</rt></ruby>	名 中午；白天，白晝；午飯	<ruby>昼<rt>ひる</rt></ruby>になる。	到中午。
<ruby>午前<rt>ごぜん</rt></ruby>	名 上午，午前	<ruby>午前中<rt>ごぜんちゅう</rt></ruby>。	上午之間。
<ruby>午後<rt>ごご</rt></ruby>	名 下午，午後，後半天	<ruby>午後<rt>ごご</rt></ruby>につく。	下午到達。

ゆうがた 夕方	名 傍晚	ゆうがた 夕方になる。	到了傍晚。
ばん 晩	名 晚，晚上	あさ　ばん 朝から晩まで。	從早到晚。
よる 夜	名 晚上，夜裡	よる 夜になる。	晚上了。
ゆう 夕べ	名 昨天晚上，昨夜	ゆう　　　ねつ 夕べから熱がある。	從昨晚就開始發燒。
こんばん 今晚	名 今天晚上，今夜	こんばん　と 今晚は泊まる。	今天晚上住下。
まいばん 毎晚	名 每天晚上	まいばんかえ　　　おそ 毎晚帰りが遅い。	每晚晚歸。
あと 後	名 (時間)以後；(地點)後面； (距現在)以前；(次序)之後	あと 後でする。	等一下再做。
じ　かん 時間	名 時間，功夫；時刻，鐘點	じ　かん　　おく 時間に遅れる。	遲到。
いっ　じ 何時	代 何時，幾時，什麼時 候；平時	いつ来る。	什麼時候來。

2 年、月份

T2 / 48

せんげつ 先月	名 上個月	せんげつ な 先月に亡くなった。	上個月去逝。
こんげつ 今月	名 這個月	こんげつ う あ 今月の売り上げ。	本月營業額。
らいげつ 来月	名 下個月	らいげつ はじ 来月から始まる。	下個月開始。
まいげつ まいつき 毎月／毎月	名 每個月	まいつき せいかつひ 毎月の生活費。	每月生活費。
ひとつき 一月	名 一個月	ひとつきやす 一月休む。	休息一個月。
おととし 一昨年	名 前年	おととし はる 一昨年の春。	前年春天。
きょねん 去年	名 去年	きょねん きょう 去年の今日。	去年的今天。
ことし 今年	名 今年	ことし けっこん 今年は結婚する。	今年要結婚。
らいねん 来年	名 明年	らいねん ふゆ 来年の冬。	明年冬天。
さらいねん 再来年	名 後年	さらいねん べんきょう 再来年まで勉強します。	讀到後年。
まいねん まいとし 毎年／毎年	名 每年	まいとし さ 毎年咲く。	每年都綻放。
とし 年	名 年；年紀	とし 年をとる。	上了年紀。
～時 じ	名 …點，…時	ろくじ 6時。	六點。

223

3 代名詞

どれが良いか。
／哪一個比較好？

T2 49

これ	代 這個，此；這人；現在，此時	これは団子だ。	這是糯米球。
それ	代 那，那個；那時，那裡；那樣	それは犬だ。	那是狗。
あれ	代 那，那個；那時；那裡	あれが欲しい。	想要那個。
どれ	代 哪個	どれが良いか。	哪一個比較好？
ここ	代 這裡；（表程度，場面）此，如今；（表時間）近來，現在	ここに置く。	放這裡。
そこ	代 那兒，那邊	そこで待つ。	在那邊等。
あそこ	代 那邊	あそこにある。	在那裡。
どこ	代 何處，哪兒，哪裡	どこへ行く。	要去哪裡？
こちら	代 這邊，這裡，這方面；這位；我，我們（口語為「こっち」）	どうぞこちらへ。	請往這邊走。
そちら	代 那兒，那裡；那位，那個；府上，貴處（口語為「そっち」）	そちらへ伺う。	到府上拜訪。
あちら	代 那兒，那裡；那位，那個；府上，貴處（口語為「そっち」）	あちらへ行く。	去那裡。
どちら	代 （方向，地點，事物，人等）哪裡，哪個，哪位（口語為「どっち」）	どちらでも良い。	哪一個都好。
この	連體 這…，這個…	この頃。	最近。

その	連體 那…，那個…	その時。	那個時候。
あの	連體（表第三人稱，離説話雙方都距離遠的）那裡，哪個，那位	あの店。	那家店。
どの	連體 哪個，哪…	どの方。	哪一位？
こんな	連體 這樣的，這種的	こんな時に。	在這種時候之下。
どんな	連體 什麼樣的；不拘什麼樣的	どんな時も。	無論何時。
誰	代 誰，哪位	誰もいない。	沒有人。
誰か	代 誰啊	誰かいる。	有誰在嗎？
どなた	代 哪位，誰	どなた様ですか。	請問是哪位？
何／何	代 什麼；任何；表示驚訝	これは何。	這是什麼？

さあ、行こう。
／來，走吧。

● T2 / 51

ああ	感（表示驚訝等）啊，唉呀；哦	ああ、そうですか。	啊！是嗎！
あのう	感 喂，啊；嗯（招呼人時，說話躊躇或不能馬上說出下文時）	あのう、どなたですか。	恩…哪位呢？
いいえ	感（用於否定）不是，不對，沒有	いいえ、まだです。	不，還沒有。
ええ	感（用降調表示肯定）是的；（用升調表示驚訝）哎呀	ええ、そうです。	嗯，是的。
さあ	感（表示勸誘，催促）來；表躊躇，遲疑的聲音	さあ、行こう。	來，走吧。
じゃ／じゃあ	感 那麼（就）	じゃ、さようなら。	那麼，再見。
そう	感（回答）是，不錯；那樣地，那麼	私もそう思う。	我也是那麼想。
では	感 那麼，這麼說，要是那樣	では、失礼します。	那麼，先告辭了。
はい	感（回答）有，到；（表示同意）是的	はい、そうです。	是，沒錯。
もしもし	感（打電話）喂	もしもし、田中です。	喂，我是田中。
しかし	接續 然而，但是，可是	しかし、野球が苦手でした。	但是棒球我就不太擅長了。
そうして／そして	接續 然後，而且；於是；以及	歯を磨き、そして顔を洗う。	刷完牙然後洗臉。
それから	接續 然後；其次，還有；（催促對方談話時）後來怎樣	欲しいものは帽子、靴、それから時計です。	想要的東西有帽子、鞋子，還有手錶。
それでは	接續 如果那樣；那麼，那麼說	それでは良いお年を。	那麼，祝您有個美好的一年。
でも	接續 可是，但是，不過；就算	夢はあるが、でもお金がない。	有夢想但是沒有錢。

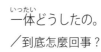

5 副詞、副助詞

あま 余り	副（後接否定）不太…，不怎麼…	たか あまり高くない。	沒有很貴。
いちいち 一々	副 一一，一個一個；全部；詳細	き いちいち聞く。	一一詢問。
いちばん 一番	副 最初，第一；最好；最優秀	いちばんやす 一番安い。	最便宜。
いつ 何時も	副 經常，隨時，無論何時；日常，往常	の いつも飲む。	經常喝。
いったい 一体	副 到底	いったい 一体どうしたの。	到底怎麼回事？
すぐ（に）	副 馬上，立刻；輕易；（距離）很近	い すぐ行く。	馬上去。
すこ 少し	副 一下子；少量，稍微，一點	すこ もう少し。	再一點點。
ぜん ぶ 全部	名 全部，總共	ぜん ぶ こた 全部答える。	全部回答。
たいてい 大抵	副 大體，差不多；（下接推量）多半；（接否定）一般	たいてい わ 大抵分かる。	大概都知道。
たいへん 大変	副 很，非常，大	たいへん め 大変な目にあう。	倒大霉。
たくさん 沢山	副·形動 很多，大量；足夠，不再需要	たくさんある。	有很多。
た ぶん 多分	副 大概，或許；恐怕	だいじょう ぶ たぶん大丈夫だろう。	應該沒問題吧。
だんだん 段々	副 漸漸地	あたた だんだん暖かくなる。	漸漸地變暖和。

ちょう ど 丁度	副 剛好，正好；正，整；剛，才	ちょうどいい。	剛剛好。
ちょっと 一寸	副 稍微；一下子；（下接否定）不太…，不太容易…	ちょっと待って。	等一下。
どう	副 怎麼，如何	どうする。	要怎麼辦？
どうして	副 為什麼，何故；如何，怎麼樣	どうして休んだの。	為什麼沒來呢？
どうぞ	副 （表勸誘，請求，委託）請；（表承認，同意）可以，請	どうぞこちらへ。	請往這邊走。
どうも	副 怎麼也，總是，實在；太，謝謝	どうもすみません。	實在對不起。
とき どき 時々	副 有時，偶而	曇り時々雨。	陰天多雲偶陣雨。
とても	副 很，非常	とても面白い。	非常有趣。
な ぜ 何故	副 為何，為什麼	なぜ怒るのか。	為什麼生氣？
はじ 初めて	副 最初，初次，第一次	初めてのデート。	初次約會。
ほん とう 本当に	副 真正，真實	本当にありがとう。	真的很謝謝您。
また 又	副 還，又，再；也，亦；而	また会おう。	再見。
ま 未だ	副 還，尚；仍然；才，不過；並且	まだ来ない。	還不來。

真っ直ぐ	副・形動 筆直，不彎曲；一直，直接	まっすぐな道。	筆直的道路。
もう	副 另外，再	もう少し。	再一下子。
もっと	副 更，再，進一步	もっとください。	請再給我多一些。
ゆっくり(と)	副・自サ 慢慢地	ゆっくり食べる。	慢慢吃。
よく	副 經常，常常	よく来る。	常來。
如何	副・形動 如何，怎麼樣	おーついかが。	來一個如何？
～位／～位	副助 大概，左右（數量或程度上的推測），上下	1時間くらい。	一個小時左右。
ずつ	副助 （表示均攤）每…，各…；表示反覆多次	一日に3回ずつ。	每天各三次。
だけ	副助 只…	一人だけ。	只有一個人。
ながら	接助 邊…邊…，一面…一面…	歩きながら考える。	邊走邊想。

229

6 接頭、接尾詞及其他

私_{わたし}たち。／我們。

T2 55

御_お〜／御_{おん}〜	接頭 放在字首，表示尊敬語及美化語	お友達_{ともだち}。	朋友。
〜時_じ	接尾 …點，…時	6時_{ろくじ}。	六點。
〜半_{はん}	接尾 …半，一半	6時半_{ろくじはん}。	六點半。
〜分_{ふん}	名 （時間）…分；（角度）分	2分_{にふん}。	二分。
〜中_{じゅう}	名・接尾 整個，全	世界中_{せかいじゅう}。	全世界。
〜中_{ちゅう}	接尾 …期間，正在…當	午前中_{ごぜんちゅう}。	上午期間。
〜月_{がつ}	接尾 …月	9月_{くがつ}。	九月。
〜ヶ月_{かげつ}	接尾 …個月	三ヶ月_{さんかげつ}。	三個月。
〜頃_{ころ}／〜頃_{ごろ}	名 （表示時間）左右	その頃_{ころ}。	那段期間。
〜過_すぎ	接尾 超過…，過了…，過渡	大_{おお}きすぎます。	太大了。
〜側_{がわ}	接尾 …邊，…側；…方面，立場；周圍，旁邊	左側_{ひだりがわ}。	左邊。
〜達_{たち}	接尾 （表示人的複數）…們，…等	私_{わたし}たち。	我們。
〜屋_や	接尾 …店，商店或工作人員	八百屋_{やおや}。	蔬果店。

〜語ご	接尾 …語	日本語に ほん ご。	日語。
〜人じん	接尾 …人	外国人がいこくじん。	外國人。
〜等など	副助（表示概括，列舉）…等	赤あかや黄色きいろなど。	紅色、黃色等等。
〜度ど	名・接尾 …次；…度	零度れい ど。	零度。
〜前まえ	名（時間的）…前，之前	二日ふつ か前まえ。	兩天前。
〜時間じ かん	接尾 …小時，…點鐘	24 時間にじゅうよ じ かん。	二十四小時。
〜円えん	名 日圓（日本的貨幣單位）；圓（形）	一万円いちまんえん。	一萬元日幣。
みんな	代 大家，全部，全體	みんなのもの。	大家的東西。
方ほう	名（用於並列或比較屬於哪一）部類，類型	大おおきいほうがいい。	大的比較好。
外ほか	名 其他，另外；旁邊，外部	ほかの人ひと。	別人。
大おおきな	連體 大，巨大	大おおきな荷物に もつ。	大件行李。
小ちいさな	連體 小，微小	小ちいさな時計と けい。	小錶。

231

第1回 新制日檢模擬考題 語言知識─文字・語彙

もんだい1 ＿＿＿の ことばは どう よみますか。1・2・3・4から
いちばん いい ものを ひとつ えらんで ください。

1 ちちは ことしから 煙草を やめました。
    1 たはご   2 たばこ   3 たはこ   4 だはこ

2 片仮名は むずかしいですか。
    1 かたがな   2 がたかな   3 かたかな   4 かなかた

3 ごがつ一日は おにいちゃんの たんじょうびです。
    1 いちひ   2 いちにち   3 ついたち   4 ふつか

4 公園の となりの ビルに すんで います。
    1 こえん   2 こおえん   3 こうえん   4 こほえん

5 英語の せんせいは だれですか。
    1 ええご   2 えいご   3 えいこ   4 えご

6 くつしたは 石鹸で あらいます。
    1 せきけん   2 せっけん   3 いしけん   4 いしっけん

7 地下鉄の いりぐちは どこですか。
    1 ちがてつ   2 ちかてづ   3 ちかてつ   4 ぢかてつ

8 うさぎは よく 野菜を たべます。
    1 さかな   2 くだもの   3 おにく   4 やさい

9 豚肉は あまり すきでは ありません。
    1 ふだにく   2 ぶだにく   3 ぶたにく   4 ぶたにぐ

10 ちょっと あつくないですか。窓を あけましょうか。

    1 まど   2 まっと   3 まと   4 まいど

11 二十歳に なったら おさけを のんでも いいです。

    1 はいた   2 たはち   3 はたち   4 ちはた

12 「四番の かた、 いらっしゃいますか。」

    1 しばん   2 よんばん   3 よばん   4 よっつばん

もんだい2 ＿＿＿の ことばは どう かきますか。1・2・3・4か
らいちばん いい ものを ひとつ えらんで ください。

1 いとうさんは じを かくのが じょうずです。
    1 書く   2 描く   3 畫く   4 畵く

2 おおきい おちゃわんは おとうさんのです。
    1 茶腕   2 茶碗   3 花椀   4 茶椀

3 にんぎょうが つくえの うえに ならべて あります。
    1 並らべて   2 並べて   3 並て   4 并べて

4 デパートには えれべーたーが ありますよ。
    1 エレベーター   2 エルベークー   3 土レベーター   4 エルベークー

5 ぼたんが ひとつ なくなりました。
    1 ボタソ   2 ボタン   3 ボクン   4 ボクソ

6 りょうしんは きゅうしゅうに すんでいます。
    1 両新   2 両親   3 丙親   4 両親

7 きたの ほうに ほしが でています。
    1 西   2 南   3 北   4 東

8 ちょっと きっさてんで やすみませんか。
    1 喫茶亭   2 喫茶店   3 契茶店   4 契茶亭

もんだい3　（　　　　）に　なにを　いれますか。1・2・3・4から　いち
　　ばん　いい　ものを　ひとつ　えらんで　ください。

1　ひさしぶりに　かぞくで　とおくまで　（　　　　）。
　　1　なりました　　　　　　　　　　　　2　でかけました
　　3　ひきました　　　　　　　　　　　　4　しめました

2　もっと　体を　つよく　（　　　　）。
　　1　したいです　　　　　　　　　　　　2　なりたいです
　　3　やりたいです　　　　　　　　　　　4　あげたいです

3　（　　　　）　レストランに　いくんですか。
　　1　どっちに　　　　　　　　　　　　　2　どこで
　　3　どなたと　　　　　　　　　　　　　4　どなたに

4　きょうの　テストは　（　　　　）ですか。
　　1　やさしかった　　　　　　　　　　　2　おいしかった
　　3　まずかった　　　　　　　　　　　　4　ほそかった

5　あさ　8じごろは　バスに　ひとが　たくさん　（　　　　）。
　　1　おいています　　　　　　　　　　　2　かえっています
　　3　のっています　　　　　　　　　　　4　あるいています

6　この　かんじは　よめませんので、（　　　　）で　しらべます。
　　1　ぶんしょう　　　　2　じしょ　　　　　3　でんき　　　　　　4　ことば

7　あつい　ひには　（　　　　）を　かぶります。
　　1　シャツ　　　　　　2　スーツ　　　　　3　ぼうし　　　　　　4　くつ

8　つめたい　ものを　たくさん　たべましたので、ちょっと　（　　　　）。
　　1　からいです　　　　2　あついです　　　　3　にがいです　　　　4　さむいです

9 こどもたちの　くつが　きれいに　ならんで　（　　　　）。
　　1　います　　　　　　　　　　　　2　あります
　　3　いています　　　　　　　　　　4　ありました

10 ふつかかん　やすみましたので、もう　（　　　　）なりました。
　　1　うるさく　　　　　　　　　　　2　げんきに
　　3　しずかに　　　　　　　　　　　4　たいせつに

もんだい4 _____のぶんと だいたい おなじ いみの ぶんが ありま
す。1・2・3・4から いちばん いい ものを ひとつ
えらんで ください。

1 よにんで いっしょに タクシーに のると ひとり 1200えんでした。
　1 タクシーは ひとり 300えんに なります。
　2 タクシーは ぜんぶで 4800えん かかりました。
　3 タクシーに のると 400えん かかりました。
　4 タクシーは ぜんぶで 3600えん かかりました。

2 すみません、もう すこし おおきいこえで おねがいします。
　1 こえが あまり きこえません。
　2 こえが うるさいです。
　3 もっと ちいさな こえに してください。
　4 もっと ちいさな こえでも だいじょうぶです。

3 この てがみを だれかに みせるつもりは ありません。
　1 この てがみを だれかに みせます。
　2 てがみは だれにも みせません。
　3 この てがみを みたい ひとは だれも いません。
　4 この てがみを だれも みたいと おもいません。

4 おとといは いちじかんだけ テレビを みて すぐ やすみました。
　1 ゆうべは いちじかんしか テレビを みませんでした。
　2 ふつかまえは いちじかんしか テレビを みませんでした。
　3 ゆうべは いちじまで テレビを みました。
　4 ふつかまえは いちじに ねました。

5 かようびか すいようびに としょかんへ いきます。
　1 かようびも すいようびも としょかんへ いきます。
　2 まいしゅう かようびや すいようびは としょかんへ いく ひです。
　3 としょかんに かようびに いくか すいようびに いくか わかりません。
　4 かようびと すいようびは としょかんへ いきます。

第2回　新制日檢模擬考題　語言知識—文字・語彙

もんだい1　＿＿＿＿の　ことばは　どう　よみますか。1・2・3・4から
　　　　　　いちばん　いい　ものを　ひとつ　えらんで　ください。

[1] こんしゅうの　水曜日は　21にちです。
　　1　すいようび　　　　2　みずようび　　　3　すようび　　　　4　すいよび

[2] ひこうきが　段々　ちいさく　なって　いきます。
　　1　だんたん　　　　　2　たんたん　　　　3　だんだん　　　　4　たんだん

[3] 病気に　なったので、がっこうを　やすんでいます。
　　1　ひょうき　　　　　2　びょき　　　　　3　びょうき　　　　4　ひょき

[4] はんかちを　わすれて　きました。
　　1　ハンカチ　　　　　2　ハソカテ　　　　3　ハソカチ　　　　4　ハンカテ

[5] ゆうきくんは　弟が　さんにんいます。
　　1　おとうと　　　　　2　おとっと　　　　3　おとおと　　　　4　おとうとう

[6] あしたは　にほんごの　授業が　あります。
　　1　じゅぎょ　　　　　　　　　　　　　　2　じゅぎょう
　　3　じゅぎょお　　　　　　　　　　　　　4　じゅうぎょう

[7] 料理を　するのが　すきです。
　　1　りょうり　　　　　2　りょおり　　　　3　りより　　　　　4　りょーり

[8] この　コートは　一万円　でした。
　　1　ひとまんえん　　　　　　　　　　　　2　まんえん
　　3　いちまんえん　　　　　　　　　　　　4　いっまんえん

9 3さいですから　すこし　言葉が　はなせます。
　　　1　こども　　　　　2　ことば　　　　　3　ことぱ　　　　　4　ことは

10 ケーキを　半分　もらいました。
　　　1　はんぶん　　　　2　はんふん　　　　3　はんぷん　　　　4　ばんぶん

11 いとうさんは　立派な　かたです。
　　　1　りっぱ　　　　　2　りっぱ　　　　　3　りぱ　　　　　　4　りっは

12 おおきい　冷蔵庫を　かいました。
　　　1　れいぞうこ　　　2　れえぞうこ　　　3　れぞうこ　　　　4　れいそうこ

Part 3

もんだい2 ＿＿＿＿の ことばは どう かきますか。1・2・3・4から
いちばん いい ものを ひとつ えらんで ください。

1 あしたは よっかですよね？
　　1 四日　　　　　2 七日　　　　　3 八日　　　　　4 十日

2 おねえちゃんは ひとりで あぱーとに すんでいます。
　　1 アペート　　　2 アパート　　　3 マパート　　　4 マプート

3 びじゅつかんの そばに たいしかんが あります。
　　1 則　　　　　　2 横　　　　　　3 側　　　　　　4 測

4 こうばんで いきかたを ききましょう。
　　1 文蕃　　　　　2 交番　　　　　3 文番　　　　　4 交蕃

5 いちねんで はるが いちばん すきです。
　　1 春　　　　　　2 夏　　　　　　3 秋　　　　　　4 冬

6 むすめは ちいさい どうぶつが すきです。
　　1 値物　　　　　2 植物　　　　　3 勲物　　　　　4 動物

7 びょういんで くすりを もらいました。
　　1 病院　　　　　2 病人　　　　　3 医院　　　　　4 症院

8 ぷーるに 入ったあとは 目を 洗いましょう。
　　1 パール　　　　2 プーレ　　　　3 プール　　　　4 ペーレ

240

もんだい3 （　　　）に　なにを　いれますか。1・2・3・4から
　　　　　いちばん　いい　ものを　ひとつ　えらんで　ください。

1 （　　　）に　すんでいる　あにから　てがみが　きました。
　　1 しごと　　　　　2 がいこく　　　　3 なか　　　　　4 いえ

2 いりぐちの　とを　（　　　）　ください。
　　1 あいて　　　　　2 しめて　　　　　3 おいて　　　　4 まげて

3 （　　　）が　つめたいので、　きょうは　およぐことが　できません。
　　1 水　　　　　　　2 氷　　　　　　　3 泳　　　　　　4 永

4 その　はなしは　だれから　（　　　）のですか。
　　1 あげた　　　　　2 やった　　　　　3 きいた　　　　4 もらった

5 かのじょは　えいごが　とても　（　　　）。
　　1 じょうずなです　　　　　　　2 じょうずにです
　　3 じょうずです　　　　　　　　4 じょうずだです

6 （　　　）ので、　この　ホテルに　きめました。
　　1 やさしかった　　2 やすかった　　3 わかかった　　4 あつかった

7 そとで　あそんだので、　ふくが　（　　　）なりました。
　　1 きたなく　　　　2 いたく　　　　　3 ふとく　　　　4 まずく

8 こうえんで　あそんで　いましたから、しゅくだいは　まだ　（　　　）。
　　1 やって　います　　　　　　　2 やって　いません
　　3 やりませんでした　　　　　　4 やります

9 エレベーターの　まえに　たっているのは　（　　　）ですか。
　　1 どなた　　　　　2 どこ　　　　　　3 どれ　　　　　4 どの

10 さむい　ひには　ストーブを　（　　　）。
　　1 しめます　　　　2 けします　　　　3 あけます　　　4 つけます

241

もんだい4 ＿＿＿のぶんと　だいたい　おなじ　いみの　ぶんが　ありま
す。1・2・3・4から　いちばん　いい　ものを　ひとつ
えらんで　ください。

1 この　かわは　きれいなので　およぐことが　できますよ。

  1　この　かわは　きたないので　およげませんよ。

  2　この　かわは　きたないですが　およげますよ。

  3　この　かわは　きれいですが　およいではいけませんよ。

  4　この　かわは　きれいだから　およげますよ。

2 わたしの　すきな　うたは　この　つぎです。

  1　うたの　つぎが　わたしの　すきな　ものです。

  2　いま　きいているのが　わたしの　すきな　うたです。

  3　つぎも　わたしの　すきな　うたです。

  4　この　つぎが　わたしの　すきな　うたです。

3 せんしゅう　ともだちに　てがみを　だしました。

  1　せんしゅう　ともだちが　てがみを　くれました。

  2　せんしゅう　ともだちに　てがみを　もらいました。

  3　せんしゅう　ともだちへ　てがみを　だしました。

  4　せんしゅう　ともだちから　てがみを　ちょうだいしました。

4 おいしゃさんに　みて　もらいましたが、どこも　わるく　ありませんでした。

  1　おいしゃさんに　みて　もらうと　どこか　わるく　なります。

  2　おいしゃさんに　みて　もらいましたが　なにも　びょうきは　なかったです。

  3　おいしゃさんに　みて　もらいましたので、すぐに　よくなりました。

  4　おいしゃさんに　みて　もらいますたが　どこが　わるいか　わかりませんでした。

5 いえに　でんわを　かけましたが、だれも　でませんでした。

  1　いえに　でんわを　かけて　はなしました。

  2　いえに　でんわを　かけましたが、すこししか　はなせませんでした。

  3　いえに　でんわを　して　だれかと　はなしました。

  4　いえに　でんわを　かけましたが、だれも　いませんでした。

第3回 新制日檢模擬考題 語言知識—文字・語彙

もんだい1 ＿＿＿の ことばは どう よみますか。1・2・3・4から
いちばん いい ものを ひとつ えらんで ください。

1 廊下を はしっては いけません。
　　1 ろうした　　　　2 ろうか　　　　3 ろっか　　　　4 ろうげ

2 にちようびには へやの 掃除を します。
　　1 そっじ　　　　2 そおじ　　　　3 そうし　　　　4 そうじ

3 ここに あたらしい 建物が できます。
　　1 たてもつ　　　　2 たてもの　　　　3 たちもつ　　　　4 たちもの

4 いちにちに ひとつ 卵を たべます。
　　1 たまこ　　　　2 だまこ　　　　3 たまご　　　　4 だまご

5 時々 うんどうを します。
　　1 ときとき　　　　2 どきどき　　　　3 どきとき　　　　4 ときどき

6 地図を もって いますか。
　　1 ちづ　　　　2 ちず　　　　3 ぢつ　　　　4 ぢず

7 「すみません、ないふを ください。」
　　1 ナイフ　　　　2 ナイヲ　　　　3 サイフ　　　　4 サイヲ

8 ちちは 毎晩 おさけを のみます。
　　1 まいよる　　　　2 まいはん　　　　3 まいにち　　　　4 まいばん

9 その きかいは 便利ですか。
　　1 べんり　　　　2 ぺんり　　　　3 べっり　　　　4 べり

10 おひるは　がっこうの　<u>食堂</u>で　たべます。

    1　しょくとう　　　　2　しょくどう　　　　3　しょくと　　　　4　しょくど

11 もう　<u>ふぃるむ</u>が　なくなりました。

    1　フィルム　　　　　2　フィルマ　　　　　3　フィルモ　　　　4　フィルミ

12 この　<u>文章</u>は　ちょっと　むずかしいですよ。

    1　ぶんしょ　　　　　2　ふんしょう　　　　3　ぶんっしょ　　　　4　ぶんしょう

もんだい2 ＿＿＿の ことばは どう かきますか。1・2・3・4から
いちばん いい ものを ひとつ えらんで ください。

1 さいきん、あまり さむくないですね。
　　1 冷くない　　　　2 寒くない　　　　3 涼くない　　　　4 暑くない

2 クーラーを つけて いいですか。
　　1 点けて　　　　　2 消けて　　　　　3 開けて　　　　　4 着けて

3 まいしゅう もくようびは おやすみです。
　　1 火曜日　　　　　2 水曜日　　　　　3 木曜日　　　　　4 金曜日

4 ひろい にわが ほしいです。
　　1 大い　　　　　　2 太い　　　　　　3 小い　　　　　　4 広い

5 すずきさんの まえに いるのは どなたですか。
　　1 横　　　　　　　2 先　　　　　　　3 前　　　　　　　4 後

6 でんしゃで かいしゃに かよっています。
　　1 合社　　　　　　2 会社　　　　　　3 司社　　　　　　4 回社

7 ぼーるぺんで 名前を かいて ください。
　　1 ボールペソ　　　2 ボールペニ　　　3 ボールペン　　　4 ボーレペン

8 ぽけっとから 手を 出しなさい。
　　1 ポケット　　　　2 プケット　　　　3 パクット　　　　4 ピクット

245

もんだい3 　（　　　　）に　なにを　いれますか。1・2・3・4から
　　　　　　いちばん　いい　ものを　ひとつ　えらんで　ください。

1 　すずきさんの　たんじょうびが　いつか　（　　　　　）。
　　1　きいて　いますか　　　　　　　　　2　しって　いますか
　　3　よんで　いますか　　　　　　　　　4　おしえて　いますか

2 　りゅうがくせいの　ボブさんと　（　　　　　）ことが　ありますか。
　　1　あびた　　　　　　　　　　　　　　2　はなした
　　3　いった　　　　　　　　　　　　　　4　こたえた

3 　きょうは　ズボンを　（　　　　　）　がっこうに　いきます。
　　1　かぶって　　　　　　　　　　　　　2　はいて
　　3　きて　　　　　　　　　　　　　　　4　つかって

4 　ひこうきが　ひがしの　ほうに　（　　　　　）　いきます。
　　1　とる　　　　　　　　　　　　　　　2　とって
　　3　とび　　　　　　　　　　　　　　　4　とんで

5 　ここから　えきまで　あるいて　どれくらい　（　　　　　）。
　　1　いますか　　　　　　　　　　　　　2　ありますか
　　3　いきますか　　　　　　　　　　　　4　おきますか

6 　まいしゅう　すいようびは　ラジオで　にほんごを　（　　　　　）。
　　1　べんきょうです　　　　　　　　　　2　べんきょうします
　　3　べんきょうます　　　　　　　　　　4　べんきょうあります

7 　あまり　おなかが　すいて　いませんでしたので、（　　　　　）たべないで
　　いえを　でました。
　　　　1　はし　　　　　　2　コップ　　　　　3　ちゃわん　　　　4　ごはん

8 おとうとは　かぜを　（　　　　）　がっこうを　やすみました。
1 ひくと　　　　　　　2 ひかないで　　　　3 ひいて　　　　　　4 ひき

9 「いとうさん、　5ふんまえに　たなかさんから　でんわが　（　　　　）。」
1 いますよ　　　　　　　　　　　2 いましたよ
3 ありますよ　　　　　　　　　　4 ありましたよ

10 これは　（　　　　）　しんぶんですか。
1 いつに　　　　　2 いつ　　　　　3 いつか　　　　　4 いつの

もんだい4　＿＿＿のぶんと　だいたい　おなじ　いみの　ぶんが　あり
　　　ます。1・2・3・4から　いちばん　いい　ものを　ひと
　　　つ　えらんで　ください。

1 きのうは　かさを　もって　いましたが　きょうは　もって　いません。
　　1 きょうも　きのうも　かさを　もって　います。
　　2 きょうと　きのうは　かさが　あります。
　　3 きょう　かさは　ありませんが、きのうは　かさが　ありました。
　　4 きょう　かさが　ありますが、きのうは　ありませんでした。

2 かぎが　かばんの　なかにも　げんかんにも　ありません。
　　1 かぎは　どこにも　ありません。
　　2 かぎは　どこにでも　あります。
　　3 かぎは　かばんの　なかか　げんかんに　おいて　あります。
　　4 かぎは　かばんの　なかか　げんかんに　あるでしょう。

3 やまださんは　もっと　さきの　えきで　でんしゃを　おります。
　　1 やまださんは　もう　でんしゃを　おりました。
　　2 やまださんは　まだ　でんしゃに　のっています。
　　3 やまださんは　ずっと　でんしゃを　おりません。
　　4 やまださんは　まえの　えきで　でんしゃを　おりました。

4 たいしかんの　となりに　たかい　たてものが　あります。
　　1 たいしかんか　となりの　たてものは　たかいです。
　　2 たいしかんは　たかい　たてものの　となりに　あります。
　　3 たいしかんと　となりの　たてものは　たかいです。
　　4 たいしかんも　となりの　たてものも　たかいでしょう。

5 ラジオで　にほんごの　べんきょうを　します。
　　1 ラジオを　きいたり　にほんごの　べんきょうを　します。
　　2 ラジオを　きいて　にほんごの　べんきょうを　します。
　　3 にほんごで　ラジオを　べんきょうします。
　　4 べんきょうは　にほんごを　ラジオで　きいて　します。

MEMO

三回全真模擬試題　解答

第一回

もんだい1

1	2	2	3	3	3	4	3
5	2	6	2	7	3	8	4
9	3	10	1	11	3	12	2

もんだい2

| 1 | 1 | 2 | 4 | 3 | 2 | 4 | 1 |
| 5 | 2 | 6 | 2 | 7 | 3 | 8 | 2 |

もんだい3

1	2	2	1	3	3	4	1
5	3	6	2	7	3	8	4
9	1	10	2				

もんだい4

| 1 | 2 | 2 | 1 | 3 | 2 | 4 | 2 |
| 5 | 2 | | | | | | |

第二回

もんだい1

1	1	2	3	3	3	4	1
5	1	6	2	7	1	8	3
9	2	10	1	11	2	12	1

もんだい2

| 1 | 1 | 2 | 2 | 3 | 3 | 4 | 2 |
| 5 | 1 | 6 | 4 | 7 | 1 | 8 | 3 |

もんだい3

1	2	2	2	3	1	4	3
5	3	6	2	7	1	8	2
9	1	10	4				

もんだい4

| 1 | 4 | 2 | 4 | 3 | 3 | 4 | 2 |
| 5 | 4 | | | | | | |

第三回

もんだい 1

1	2		2	4		3	2		4	3
5	4		6	2		7	1		8	4
9	1		10	2		11	1		12	4

もんだい 2

| 1 | 2 | | 2 | 1 | | 3 | 3 | | 4 | 4 |
| 5 | 3 | | 6 | 2 | | 7 | 3 | | 8 | 1 |

もんだい 3

1	2		2	2		3	2		4	4
5	2		6	2		7	4		8	3
9	4		10	4

もんだい 4

| 1 | 3 | | 2 | 1 | | 3 | 2 | | 4 | 2 |
| 5 | 2 |

絕對合格 全攻略！

新制日檢！
N5 必背必出單字（20K+MP3）

【絕對合格 03】

■ 發行人／ 林德勝

■ 著者／ 吉松由美・田中陽子

■ 出版發行／ 山田社文化事業有限公司
　　　 地址　臺北市大安區安和路一段112巷17號7樓
　　　 電話　02-2755-7622　02-2755-7628
　　　 傳真　02-2700-1887

■ 郵政劃撥／ 19867160號　大原文化事業有限公司

■ 總經銷／ 聯合發行股份有限公司
　　　 地址　新北市新店區寶橋路235巷6弄6號2樓
　　　 電話　02-2917-8022
　　　 傳真　02-2915-6275

■ 印刷／ 上鎰數位科技印刷有限公司

■ 法律顧問／ 林長振法律事務所　林長振律師

■ 定價+MP3／ 新台幣349元

■ 初版／ 2019年9月